# *La maison sans racines*

# DU MÊME AUTEUR

# Andrée Chedid

# *La maison*
# *sans racines*

*Librio*

**Texte intégral**

*À M. C. Granjon,*
*en de proches et lointaines racines*

*... au tréfonds de mon sang*
*m'abîmer*
*pour partager le poids porté par*
*les hommes*
*puis relancer la vie...*

BADR CHAKER ES-SAYYÂB
(1926-1963)


*Ta maison ne sera pas une ancre,*
*mais un mât*

KHALIL GIBRAN
(1881-1931)

*La marche, un matin d'août 1975*

Ce n'était rien. Rien qu'un bruit sourd, lointain. Sans les incidents de ces dernières semaines, il serait passé inaperçu. Personne n'aurait songé à un coup de feu.

Kalya ne s'en inquiéta pas outre mesure, mais revint sans tarder à la fenêtre qui donnait sur la Place.

Quelques secondes auparavant, accoudée à ce poste d'observation, elle avait reconnu, face à face, Ammal et Myriam, sveltes, souples, en larges vêtements jaunes. Elles étaient apparues en même temps, venant de côtés opposés du terre-plein. Kalya suivrait du regard – elle le leur avait promis – la marche des jeunes femmes se dirigeant l'une vers l'autre pour se rejoindre au centre de la Place.

Une fois réunies, les événements se dérouleraient selon le plan prévu.

Mais, durant les courts instants où Kalya avait été rappelée à l'intérieur de la pièce, tout avait basculé. Les deux figures solaires avançant dans l'aube naissante s'étaient brusquement figées. L'image s'était assombrie. Était-ce un cauchemar ? La marche allait-elle reprendre ? La rencontre aurait-elle lieu ?


Laquelle vient d'être touchée par un projectile parti on ne sait d'où ? Laquelle des deux – vêtues de jaune, habillées des mêmes robes, coiffées des mêmes foulards, chaussées des mêmes espadrilles – vient d'être abattue comme du gibier ? Laquelle est couchée sur le sol, blessée à mort peut-être ?

Laquelle se tient à califourchon, jambes et genoux enserrant les hanches de la victime ? Laquelle, penchée au-dessus de sa compagne, lui soulève le buste, s'efforce de la rappeler à la vie ? La question n'a presque pas d'importance. Ce matin, elles sont une, identiques.

\* \*
\*

*Kalya referma brusquement la fenêtre qui donnait sur la Place. Une place vide; sauf pour ces deux corps embrassés.*

*Elle traversa le living en courant. Odette, tassée dans son fauteuil mauve, revêtue de son éternelle robe de chambre à ramages, la rappela en retirant ses boules Quiès.*

*— Qu'est-ce qui se passe? Où vas-tu?*

*Kalya continua sa course, lança:*

*— Je te raconterai plus tard.*

*Sa tante n'avait rien su, rien entendu. Chaque matin, poudrée, peinturlurée, elle s'enfonçait, durant des heures, dans sa bergère défraîchie. Chaque matin, elle sirotait l'invariable café turc que Slimane – le cuisinier soudanais venu avec elle d'Égypte il y a une dizaine d'années – lui servait invariablement sur un plateau d'argent massif. Se gavant de biscuits et de confitures, elle ressassait des souvenirs en sa compagnie. Celui-ci se tenait assis, vu son âge et ses innombrables années de service, sur un tabouret canné, non loin du fauteuil.*

*Au passage accéléré de Kalya, surpris par sa précipitation, Slimane se leva et la suivit presque jusque dans l'entrée.*

*Il la vit ouvrir, sans hésiter, le tiroir de la commode ventrue, du faux Louis-XVI, dont le placage s'écaillait; puis tirer, d'entre les napperons, un revolver. Elle fourra l'arme dans la poche de son tricot et, d'un pas rapide, se dirigea vers la sortie.*

*— Où va-t-elle à cette heure? soupirait Odette, se parlant à elle-même et trempant son biscuit dans la tasse fumante. Une fantaisiste! Ma nièce a toujours été une fantaisiste. Pas étonnant qu'elle ait choisi ce drôle de métier. Photographe! A-t-on idée!*

*Au moment où Kalya prenait l'escalier, elle s'aperçut que Slimane était toujours derrière elle. Il pressentait un danger.*

*— Je viens avec vous.*

*Elle se retourna, le supplia de n'en rien faire:*

*— Non, non. Ne quitte pas Odette. Ni l'enfant surtout, elle dort encore.*


*L'absence prolongée de Slimane lui parut étrange.*

*Odette se redressa, ses pieds tâtonnèrent à la recherche de ses pantoufles en velours rouge. Ne les trouvant pas, elle renonça à poursuivre sa nièce jusque dans l'escalier, termina son café, emporta un biscuit et se dirigea vers la fenêtre que Kalya venait de quitter.*

*Slimane devait la rejoindre quelques minutes plus tard.*


*Kalya s'appuya contre la rampe. Son cœur battait à se rompre. Elle posa sa paume dessus, le sentit tressaillir, le tapota pour l'apaiser. Tel un petit animal familier avide de caresses, le muscle se calma et elle put entreprendre la descente des cinq étages.*

Parvenue au second palier, elle entendit derrière elle des pas rapides, légers.

— Sybil, qu'est-ce que tu fais là ? Remonte tout de suite.

Persuadée que sa petite-fille dormait du sommeil de ses douze ans, elle n'avait même pas songé à entrer dans sa chambre pour la rassurer.

— Où vas-tu ?

— Remonte. Je t'expliquerai plus tard.

— Je viens avec toi.

L'enfant s'entêta. Ses longs cheveux blonds en désordre, ses paupières gonflées, son visage barbouillé de nuit lui donnaient un air sauvagement obstiné.

— Ne me laisse pas !

Le temps pressait. Il fallait au plus vite rejoindre les deux jeunes femmes. Il fallait avancer sur la Place, le revolver bien en vue pour prévenir toute menace, empêcher un prochain coup de feu avant l'arrivée de l'ambulance. Cela aussi avait été prévu, en cas d'accident.

Il fallait sauver ce que Myriam et Ammal avaient partagé ; maintenir cet espoir qu'elles voulaient porter, ensemble, jusqu'au centre de la Place, où devaient bientôt converger les diverses communautés de la ville. Sauver cette rencontre préparée depuis des jours.

Sybil continuait de dévaler les marches, en pyjama, pieds nus, sur les talons de sa grand-mère. Dans l'entrée de l'immeuble, Kalya insista :

— Remonte vite. Je ne veux pas que tu me suives.

— Je ne te suivrai pas. Je resterai ici. Je veux voir ce que tu fais.

Il n'était plus temps de discuter.

— D'accord, mais reste là sous le porche. Tu me verras en entrebâillant la porte. Ne sors à aucun prix, c'est juré ?

— Juré.

— C'est moi qui reviendrai vers toi.

Elle la quitta, fit quelques pas. Reviendrait-elle ? Dans quelques minutes serait-elle encore en vie ? Cela ne comptait pas, ne comptait plus. Mais elle craignait surtout pour l'enfant. Par instants, elle regrettait amèrement de n'avoir rien su prévoir et de l'avoir emmenée dans ce pays. Elle se retourna une fois encore :

— Quoi qu'il arrive, tu ne dois pas me suivre. Au moindre danger, tu remontes chez Odette. C'est promis ?

— C'est promis.

*   *
*

Sybil et Kalya s'étaient fixé rendez-vous dans ce Liban, lointain pays de leurs ancêtres. Venues chacune d'un autre continent, cela faisait près d'un mois qu'elles s'étaient rencontrées, pour la première fois, sur un sol à la fois familier et inconnu. Petite terre de prédilection que l'enfant surprenait nichée dans quelques lignes du livre d'histoire ou de géographie, ou bien qui surgissait dans la conversation de son père Sam. Elle en rêvait. Ces rives légendaires, ces mondes de temples, de dieux, de mers, de soleils, elle souhaitait les voir, les reconnaître ; pouvoir plus tard en parler autour d'elle.

Pour la première fois, la fillette et sa grand-mère vivaient côte à côte. Ce fut d'abord un temps de bonheur, de promenades, d'entente. Puis la consternation de ces dernières journées.

Depuis une semaine, l'aérodrome était clos, le port bouclé. Les quartiers communiquaient mal, d'obscures menaces pesaient sur les habitants et leur cité.

Sybil se mit à crier :

— Je ne veux pas qu'il t'arrive quelque chose. Je t'aime, Mammy !

Jamais elle ne l'avait appelée « Mammy », mais plutôt par son prénom : « Kalya ». En Amérique, où elle avait été élevée, son père c'était « Sam » ; sa mère, la Suédoise, « Inge ». Kalya revint rapidement pour serrer l'enfant dans ses bras :

— Je t'aime tellement, moi aussi.

Sybil s'étonna de sentir contre son coude un objet rugueux, métallique. En se penchant elle aperçut le revolver. Elle n'eut pas le temps de poser des questions. Kalya, dans sa robe blanche, s'était de nouveau éloignée.

La Place était encore déserte. Sous les deux corps, soudés l'un à l'autre, s'étalait une nappe de sang aux bords déchiquetés.

De cette masse un cri s'éleva, aigu, déchirant. Puis ce fut le silence.

Le revolver au poing, les yeux tantôt fixés sur une fenêtre, tantôt sur une porte pour prévenir toute attaque, tout danger, Kalya se mit en marche.

Le chemin allait lui paraître interminable. La distance, infinie...

## I

*Juillet-août 1975*

— Kalya! Kalya!

Arrivée depuis près d'une heure par un précédent avion, Sybil, accoudée à la barrière, son sac marin à ses pieds, attend en compagnie d'une hôtesse les voyageurs de Paris. Elle lève les bras, les secoue, appelle; puis fonce dans le passage interdit. L'hôtesse la rattrape.

— Tu ne peux pas faire ça!

— C'est ma grand-mère! La septième dans la file d'attente.

— Comment peux-tu savoir? Tu ne l'as jamais vue.

— Je la reconnais.

— Avant de te laisser partir avec elle, je lui demanderai ses papiers.

— Ses papiers, pour quoi faire? Je te dis que c'est elle, j'en suis sûre.

— Depuis le temps que tu me parles du Liban, tu vas enfin le connaître, Sybil. Et même avant moi! avait dit Sam.

— Tu t'occuperas bien de ta grand-mère, avait dit Inge.

— Après notre voyage, nous irons vous rejoindre.

À l'aérodrome de New York, le couple venait de confier leur fillette à l'hôtesse; le lendemain, ils s'envoleraient pour l'Amazonie. Ethnologues tous les deux, ils comptaient vivre durant deux mois parmi une peuplade primitive, pour l'étudier et rapporter un film. Personne ne pourrait les joindre pendant ce séjour. Ils partaient sans inquiétude. Kalya, la mère de Sam, n'avait qu'une cinquantaine d'années et ce projet de vacances avec sa petite-fille, que les circonstances avaient tenue éloignée d'elle jusqu'ici, la comblait de bonheur. Une correspondance s'était nouée entre la grand-mère et l'enfant; elles préparaient cette rencontre depuis des mois.

Ce pays que son fils ne connaissait pas, Kalya n'en avait conservé que de brèves images. Celles de certains étés, lorsque, fuyant une Égypte torride où sa famille s'était établie depuis des décennies, sa propre grand-mère Nouza l'emmenait en villégiature à la montagne. Cela remontait à une quarantaine d'années. Traditions, nostalgies n'attachaient pourtant pas Kalya. Alors, pourquoi ce choix ? Sans doute, d'abord, à cause de l'insistance de Sybil.

Englobant mer, collines, montagne dans une effervescence lumineuse, le petit pays, il est vrai, était beau ; et ses habitants, tels qu'elle s'en souvenait, doués pour le sourire. Cherchait-elle aussi à retrouver Nouza ? Nouza rendue à la poussière, dont le souffle l'accompagnait toujours. Ou Mario, son premier amour ? Non, elle ne souhaitait pas tellement revoir celui-ci. Il faisait partie de ces rêves d'adolescente auxquels on se raccroche parfois, comme à des bouées, et puis qui s'évanouissent, un autre amour plus réel ayant pris toute la place.

Dans le hall d'arrivée, l'atterrissage simultané de plusieurs avions créait une indescriptible pagaille : braillements, poussière, charivari de valises, appels de bienvenue ou récriminations, tollé des portefaix.

Les deux bras qui s'agitent, la nappe dorée de la chevelure se soulevant à chaque pas, glissant dans le moutonnement de la foule, Kalya les a reconnus. Se tournant vers sa voisine :

— La petite qui remue, là-bas, celle dont je vous ai parlé, c'est elle.

— Sybil ?

— Oui.

— Si blonde !... Ce ne serait pas plutôt l'autre, votre petite-fille ? En robe verte avec d'énormes yeux noirs et des cheveux sombres. C'est elle plutôt qui vous ressemblerait.

D'année en année, de photo en photo, Kalya a suivi l'enfant et la connaît par cœur. Et puis, surtout, il y a cette vivacité, cet élan qui ne trompent pas.

— Non, non, c'est la blonde. J'en suis sûre.

*     *
*

Devant les douanes, un homme traverse le passage interdit, murmure quelques mots au préposé, emporte les valises.

— C'est Mme Odette qui m'envoie. Je vous emmène avec la petite dans mon taxi.

Sur la banquette arrière, Sybil et Kalya se tiennent la main, sans trop se regarder, sans trop se parler. Il faut un peu de temps pour traverser tout ce temps, pour combler toutes ces distances.

Un soleil décisif s'empare du ciel, gomme les bleus, plaque un tissu blanchâtre par-dessus la cité. Un vent chaud, léger s'engouffre, imprégné d'odeurs de pins et de mer.

— Je pourrai me baigner ?

— Bien sûr.

Le chauffeur conduit à vive allure, presse sur le champignon, prend les virages à angle droit, dépasse les véhicules en sifflotant, le coude appuyé au rebord de la fenêtre, la main effleurant à peine le volant. Fixés par des punaises sur la boîte à gants, l'Immaculée Conception et le Sacré-Cœur voisinent. Un rosaire de nacre, entortillé d'un collier de pierres bleues qui chassent le mauvais œil, les relie.

Kalya embrasse Sybil. Ses joues embaument un mélange de sel, de sueur, d'eau de lavande. La voiture ralentit en débouchant sur la corniche, Tewfick offre aux touristes le loisir d'admirer :

— Regardez, c'est unique ! Mer, montagnes, tout ça d'un seul coup. Il n'y a pas à dire, c'est le plus beau pays du monde !

— Je le savais, dit l'enfant.

Dans le rétroviseur, le chauffeur examine les traits des voyageuses.

— Vous êtes d'ici ?

— Pas tout à fait, dit Kalya, mes grands-parents avaient déjà émigré.

— Vous êtes quand même d'ici ! Chez nous, « on émigre », c'est dans le sang. N'importe où je vous aurais reconnue. Vous, et même l'enfant.

Ici ou ailleurs, à travers brassages et générations, Tewfick les reconnaît toujours, ces émigrés, à je ne sais quoi : une échancrure des narines, une découpe de l'œil, une conformation de la nuque, un claquement particulier de la langue, un hochement de tête. Il les découvre parfois à un geste issu de ces contrées anciennes, et qui se perpétue, comme un fil conducteur mêlé à d'autres habitudes, à d'autres mouvements.

Pour éviter un autre taxi qui vient de changer de direction, la voiture fait une embardée et freine brusquement. Kalya et Sybil sont projetées l'une contre l'autre ; de vieux journaux, des magazines, des pommes, une veste, une écharpe entassés au-dessus du dossier se déversent sur leurs épaules.

Tewfick, furibard, bondit sur la chaussée. Sautant à son tour hors de son véhicule, l'autre conducteur approche le poing levé.

Sans jamais en venir aux mains, les deux hommes montrent les dents, s'injurient. Se saoulant de sarcasmes et d'imprécations, au grand divertissement des badauds, ils vont jusqu'à se menacer du revolver que chacun, selon la coutume, garde dissimulé sous son siège.

Peu exercées à ces mimodrames à ciel ouvert, qui n'ont pas cours sous leurs climats, les passagères se tiennent, médusées, au fond de la voiture. Subitement, elles voient les conducteurs s'arrêter. Interrompant d'un commun accord leur dispute, ils se tapent sur l'épaule, se congratulent, s'offrent des cigarettes, s'adressent salamalecs et bénédictions.

— À bientôt, qu'Allah te protège, vieux frère !

— Que Dieu te garde en santé, ami !

Mêlé au moindre événement, à toutes les colères, à toutes les réconciliations, Dieu vient d'apparaître sur le devant de la scène. Son nom se prononce à tout bout de champ, soumis aux hommes, à leurs violences, à leurs amours.

Tewfick redémarre, arborant un sourire rayonnant.

— Rien qu'une querelle de famille. Pas besoin de constat. Ici, tout se règle entre soi. Tout s'arrange.

« Tout s'arrange. » Kalya se souviendra plus tard de ces paroles.

*Quittant le seuil du vieil immeuble bistre, pénétrant dans cette Place que cernent portes closes et volets tirés, cette Place sur laquelle pèse la solitude des petits matins, Kalya, tout au début de cette lente marche, se répète encore ces paroles : « Tout s'arrange ! »*

*Elle repousse l'idée que c'est la mort – celle de l'une des deux jeunes femmes ou la sienne – qui l'attend au bout du chemin. Mort qui en déclenchera une autre, puis une autre, puis une autre encore. Engrenage que nul ne pourra arrêter. Inexorable enchaînement déclenché par l'action d'un seul.*

*Pourtant, ce matin, tout devait se renouer. Il n'est peut-être pas trop tard. Malgré les violences de cette dernière semaine, la paix peut encore être sauvée.*

*Kalya avance peu à peu, se dirige vers le centre de la Place. « Ne noircis pas le jour avant qu'il ne soit terminé. » Ce proverbe tournoie dans sa tête. Elle marche, posément, pour ne pas provoquer d'autres coups de feu. Elle va, sans se presser, pour ne pas effrayer Sybil qui se tient derrière elle – en pyjama, pieds nus, collée au lourd battant de l'entrée – et qui observe chacun de ses gestes par l'entrebâillement du portail.*

*Cette marche dont l'issue demeure incertaine, ce chemin de mort ou de vie se déroulera longtemps. Longtemps. Des morceaux de passé, des pans d'existence s'y accrocheront. Images lointaines, scènes plus proches. Résidus de terres anciennes basculant vers les océans d'oubli. Signes avant-coureurs qui assaillent. Prémonitions qu'elle a repoussées, ces derniers temps. Aveuglement inconscient ou conscient ?*

*Elle prend appui sur un pas après l'autre. Elle se force à ralentir, surveillant chaque recoin de la Place, craignant à chaque instant qu'un franc-tireur – caché on ne sait où, défendant on ne sait quelle cause, ou jouant à terroriser – ne tire une fois encore sur ce tassement d'étoffes jaunes, là-bas, secoué de tremblements ; ne crible de balles ces deux jeunes femmes qui ne sont plus que plaintes confuses et remous. Kalya avance, avance, avance, sans hâte apparente…*

# II

*Juillet-août 1932*

Que penserait ma grand-mère Nouza si elle me voyait ? Si seulement elle pouvait me voir, ici, en cet instant, avec ce revolver au poing ?

— Kalya, si tu me cherches, tu me trouveras dans la salle de jeux.

Mes parents se sont embarqués sur l'*Espéria* depuis le port d'Alexandrie. Ils débarqueront à Marseille. Ensuite ce sera la cure à Vichy, le bol d'air à Chamonix ; plus tard Le Touquet, Capri ou Venise selon l'humeur, sans oublier le séjour final à Paris. Ils m'ont confiée à ma grand-mère. Je viens d'avoir douze ans. Cet été 1932 est le troisième que nous passons ensemble.

L'indépendance de Nouza m'apprend la mienne. À la montagne, au Grand Hôtel de Solar, nous vivons dans deux chambres contiguës. Je peux aller et venir à mon gré. Anaïs, la femme de chambre, qui est censée m'accompagner dans mes sorties, ne demande qu'à me laisser la bride sur le cou.

Nouza est toujours coiffée, habillée, légèrement fardée, prête pour le regard des autres. Je ne l'ai jamais vue en robe de chambre ou en déshabillé. Ses lèvres fines teintées de rose, ses yeux d'un bleu rieur témoignent de sa joie de vivre. Deux peignes d'écaille relèvent en chignon sa chevelure à peine blanchie. Un léger mouchoir de gaze diaprée entoure son cou pour en dissimuler les rides.

Nouza porte en permanence une bague de jais et ne se sépare jamais de ce médaillon qui renferme la photo de Nicolas. Elle parle toujours de son défunt époux, son aîné de quelques années, comme d'un vieil homme réfléchi et sage, un peu trop austère à son goût.

*       *
*

«Orthodoxe et schismatique», selon les religieuses du pensionnat catholique où elle a été élevée, Nouza, sans être pratiquante, ne se déplace jamais sans son «icône». Une Vierge brunâtre et dorée à la peau couverte de craquelures, au regard humide et vaste.

Dès son arrivée, Nouza fixe l'image sainte au mur de sa chambre d'hôtel. Le cadre en bois précieux, fabriqué selon ses

16

instructions, comprend un support pour le verre empli d'une huile épaisse sur laquelle flotte une bougie plate. La mèche brûle de jour et de nuit ; sauf en de rares occasions où Nouza boude son icône, quand celle-ci n'a pas accédé à l'un de ses désirs. Dans ce cas, elle souffle sur la flamme et plonge, pour quelques heures, la Mère de Dieu dans le blâme et l'obscurité. La lueur étant rarement éteinte, j'en concluais que ma grand-mère menait une existence qui lui paraissait satisfaisante, troublée de peu d'angoisse, frappée par peu de malheurs, ponctuée d'une infinité de petits plaisirs devenus inestimables avec l'âge et qu'elle accueillait avec un élan juvénile malgré ses cinquante-six ans.

— Écoute, Sainte Madone, ce soir tu dois me faire gagner ma partie de poker !

Elle lui parlait tout haut, je l'entendais par la porte entrouverte.

— Tu ne vas pas laisser Vera, cette perruche défraîchie, ou Tarek, ce gâteux, ou encore Eugénie, ce monceau de graisse, remporter la victoire !

Nouza acceptait mal que cette génération de « vieillards » fût la sienne ; ses enthousiasmes ne s'étaient pas usés, sa glace ne lui renvoyait pas de figure défaite. Son regard, il est vrai, effleurait à peine les miroirs.

— Moi, je m'incline devant toi et je te prie chaque jour, Sainte Vierge. Et puis souviens-toi que mes partenaires sont tous catholiques et que dans leurs églises tu ressembles à je ne sais quoi... de la pâte à guimauve ! Chez nous, c'est tout le contraire, vois comme on te fait belle : chaude, orthodoxe, ensoleillée ! Je ne vais pas te rebattre les oreilles avec ce que tu sais, je te rappelle seulement, douce Marie, que je dois gagner ce soir. Je suis veuve et mes ressources sont limitées. Anaïs, Anaïs, n'oublie pas de placer dans mon sac le carnet, le crayon, mes lunettes, le bâton de rouge à lèvres.

Passant sans transition du monologue au dialogue, Nouza interpelle la femme de chambre qui nettoyait la baignoire. Gréco-maltaise et sans attaches – ni père, ni mère, ni époux, ni enfants, quelle aubaine ! –, Anaïs, aux chairs plantureuses et anémiques, écartelée entre le dévouement et la rage contenue, entre l'agacement et d'irrépressibles vagues de tendresse, vit auprès de Nouza depuis une vingtaine d'années.

Inséparables toutes deux et de même rite, elles partagent pour l'icône une dévotion toute semblable.

# III

*Juillet-août 1975*

De nouveau, c'est la mer ; sans marées, sans embruns, une mer offerte. Une plaine phosphorescente et liquide qui, parfois, se démonte, bouillonne, se déchaîne ; puis s'apprivoise, d'un seul coup, absorbant jusqu'à la moindre écume, ne faisant entendre au bord du littoral qu'un léger clapotis. On aperçoit des pédalos, des voiliers.

Un terre-plein divise la route.

— C'est un palmier nain, à côté des lauriers-roses. Regarde les trois pins parasols. L'arbre rouge s'appelle un flamboyant.

Kalya se souvient de ces végétations, des larges pelouses d'Égypte, des parterres de capucines, de géraniums, du baobab.

— Chez toi ce ne sont pas les mêmes arbres, Sybil ?

— Ni le même soleil, ni la même mer, ni les mêmes gens...

— Tu vas aimer, tu crois ?

— J'aime déjà. J'adore.

Oubliées par les promoteurs ou protégées par un propriétaire opiniâtre, quelques maisons-tiges coudoient des buildings. De prétentieuses villas aux couleurs clinquantes, aux balcons ventrus, défigurent des pans entiers de la côte. Les hôtels, les stations balnéaires se suivent à un rythme rapide. Un palais impose son outrecuidante façade ; tandis qu'au bas des falaises, s'emboîtant les unes dans les autres, des cabanes en fer-blanc s'entassent, suivies d'un amoncellement de tentes brunâtres.

— Là, en bas, qu'est-ce que c'est ?

Sans répondre, le chauffeur presse sur la pédale, accélère. Sybil insiste, pose la main sur son épaule :

— Ce sont des habitations ? Il y a des personnes qui vivent là-dedans ?

— C'est provisoire.

La voiture file plus vite encore, prend le tournant qui débouche sur un autre paysage.

Songeuse, la fillette se tourne vers sa grand-mère.

— Tu as vu ?

18

Cafés, casinos, restaurants aux enseignes lumineuses paradent au bord des plages. Des décapotables blanches, rouges, jaunes se croisent avec leur cargaison de garçons et de filles en blue-jeans, cheveux au vent. Ils échangent des saluts.

\*　\*
\*

Aux abords de la ville, cinq hommes armés obligent le taxi à s'arrêter :

— Contrôle.

Le chauffeur tend ses papiers.

— Ta carte d'identité ?

Tewfick fouille fébrilement au fond de ses poches.

— La voilà, je croyais l'avoir oubliée.

— Il faut toujours avoir sa carte, tu le sais. Elles, qui c'est ?

— Des touristes. Une grand-mère et sa petite-fille.

L'homme s'adresse à Kalya :

— Passeports ?

— J'ai déjà montré mes papiers.

— Donnez-les-lui quand même, reprend Tewfick.

Le chef est borgne, il a une énorme verrue sur la lèvre supérieure. Il examine page à page chaque carnet.

— Tu as dit : «une grand-mère et sa petite-fille» ? L'une vient d'Amérique, l'autre d'Europe ?

— De nos jours, les gens bougent, les gens voyagent.

— Ceux qui le peuvent ! Mais ces deux-là ne se ressemblent pas.

— C'est leur affaire.

Les quatre adolescents font le tour de l'automobile, tenant la crosse de leur mitraillette serrée contre leur hanche. Ils éraflent en passant un bout d'aile, un panneau de porte. Tewfick ne sourcille pas.

— Qu'est-ce qu'ils veulent avec ces fusils ? demande Sybil qui se croit au cinéma.

Kalya ne sait que répondre. Après les brefs événements d'il y a quelques années, elle pensait que tout était redevenu calme. Vers quoi entraîne-t-elle l'enfant ? Elle a soudain la tentation de rebrousser chemin et de repartir.

L'homme à la verrue se penche à l'intérieur, examine les passagères une fois encore. Il leur rend ensuite les passeports avec le sourire, et dans un mauvais anglais :

— *You have holiday, good holiday. Nice place here!*

Déjà le groupe arrête une prochaine voiture. Tewfick se met lentement en marche, puis fonce. Plus loin, il se lance dans une diatribe à l'encontre de ce gouvernement de vendus, de la pagaille qui règne dans le pays, de ces exactions par des forces incontrôlées.

— Qui étaient ces hommes ?

Il crache par la fenêtre :

— Tantôt ceux-ci, tantôt ceux-là. Ils s'y mettent tous. Ils feront sauter le pays.

Puis, se rattrapant et tenant à rassurer les voyageuses :

— Ce n'est rien. Ça n'arrivera plus. Des soldats de comédie ! Du vent tout ça. Du vent !

Le chauffeur continue cependant de marmonner en hochant la tête.

\*　\*
\*

— Elles ne devraient plus tarder !

Sur son palier du cinquième étage repeint en laque rose, Odette, vêtue d'une robe d'intérieur à ramages, coiffée d'un turban fuschia, chaussée de pantoufles en velours, accompagnée de Slimane en tunique blanche ceinturée de rouge, se tient devant l'ascenseur.

Ses bras s'ouvrent, des exclamations fusent :

— Kalya ! Ma petite Kalya ! Quarante ans sans se revoir, quarante ans, tu imagines !

L'âge, la cataracte, l'affaissement des paupières embuent d'une douceur poignante le regard jadis si impassible d'Odette. Des senteurs de violettes et d'ambre imprègnent sa peau et ses baisers.

— Si seulement ton oncle Farid était encore vivant ! Il t'aimait tant. Tu étais sa préférée.

Odette voudrait verser quelques pleurs, renifle sans y parvenir. Tirant d'une de ses poches un kleenex, elle l'abandonne aussitôt pour s'emparer d'un mouchoir au point de Venise. Plongeant sa face dans le carré de lin, elle tamponne des larmes fictives en soupirant. Stupéfaite de ces effusions méridionales, Sybil se tient, pétrifiée, le dos au mur.

— Venise ! Oh, Venise ! Farid m'y promenait en gondole. Depuis la mort de mon bien-aimé, je n'ai jamais voulu remettre les pieds en Europe !

# IV

En cet été 1932, Farid décida de fuir les chaleurs d'Égypte pour rejoindre Nouza, sa sœur, à la montagne. Ses décisions tenaient toujours du caprice et de l'improvisation.

Tyrannique et brouillon, irascible et sentimental, joueur invétéré, passant du poker au baccara, à la roulette, aux courses, couvrant son interlocuteur d'injures ou le louant avec excès, Farid se mouvait selon ses convenances, dans le droit-fil des traditions familiales ou sur les escarpements de la plus explosive fantaisie.

Il était tout l'opposé de Joseph, son aîné. À treize ans, à la mort de son père, ce dernier s'était trouvé à la tête d'une confortable fortune et d'une tribu de frères et sœurs dont il assumait la responsabilité. Sur sa photographie de premier communiant, Joseph affichait déjà un air solennel, qu'il devait ensuite arborer en toutes circonstances.

Le caractère dispendieux de Farid – à moins de trente ans il avait presque entièrement dilapidé son héritage –, ses dérèglements proverbiaux irritaient Joseph, garant de l'honorabilité du clan. Réunissant un de ses nombreux «conseils de famille» – Nouza y était hostile et ne s'y rendait jamais –, il avait sommé Farid de changer de conduite ; s'il ne s'exécutait pas, l'aîné, qui en avait le pouvoir, se verrait forcé de le placer sous tutelle. Farid haussa les épaules et s'expatria.

Tandis que Joseph se mariait à la fille d'un riche commerçant, propriétaire des «Grands Magasins» du Caire, tandis qu'il procréait, prospérait, devenait le premier notable de sa communauté, son cadet sillonnait les routes de France et d'Italie au volant de son Hispano-Suiza. S'amourachant de comédiennes en renom, de danseuses vedettes – elles ne résistaient pas à son bagout, à son allure de conquérant, à l'irrégularité envoûtante de ses traits –, Farid repoussait, systématiquement, les partis que ses proches lui proposaient dans l'espoir qu'un mariage viendrait à bout de sa vie de bamboche et de gaspillage.

Avant de mettre ses menaces à exécution, Joseph avait péri dans un accident de voiture. Par un jour de pluie – si rare en ces contrées –, retournant vers la capitale après une visite à un riche paysan loueur d'une de ses terres, son automobile dérapa sur un sentier boueux et se renversa dans le canal. Joseph, qui ne savait pas nager, se noya dans la vase.

Naviguant d'un casino à l'autre, d'un palace au prochain, Farid fut rappelé à la hâte.

Il ne tarda pas à prendre son rôle d'aîné au sérieux. Pour se conformer à sa nouvelle fonction, il se maria aussitôt à une très jeune fille d'origine modeste, dont le physique était à son goût.

Odette avait une bouche gourmande, un corps sensuel, mais une démarche nonchalante et des yeux sans chaleur. Attelée à un époux violent et impétueux, qui l'adula jusqu'à son dernier souffle, cette placidité lui permit de traverser sans encombre les nombreuses années d'une existence parsemée de scènes et de bourrasques.

* *
*

— Kalya, ton oncle arrive dans deux jours! annonça Nouza, le sourire aux lèvres.

Farid venait de câbler à sa sœur. Plus tard, quand les lignes à longue distance furent établies – sa fébrilité trouvant là son instrument idéal de communication –, Farid usa et abusa du téléphone. Décrochant le récepteur à tout bout de champ, appelant d'un continent à l'autre à des heures indues, après des mois, voire des années de silence, il faisait soudain irruption dans l'existence de ses proches pour clamer au bout du fil qu'il débarquait le lendemain; ou bien pour souhaiter un anniversaire dont il s'était brusquement et chaleureusement souvenu.

En vieillissant, il s'imaginait, non sans complaisance, à la tête d'une table immense où tous les membres de la tribu – de plus en plus dispersés de par le monde – seraient enfin rassemblés. Il se voyait, lui qui en avait été la brebis galeuse, s'adressant à un «conseil de famille» pour discuter du sort de leur progéniture, condamner une conduite inconvenante, désapprouver le choix d'une profession. Mais les temps avaient changé et ce rêve patriarcal ne se réalisa pas.

Rebelle à ces coutumes et satisfaite d'avoir, depuis son veuvage, échappé à toute autorité, Nouza se moquait gentiment de son frère:

— Tu te crois au temps des califes! Tu oublies les drames, les querelles, les procès, les imprécations? C'était tout ça aussi, la famille! Toi, au moins, tu devrais t'en souvenir.

Farid la fixait avec indulgence.

— Tu ne changeras jamais, disait-il.

Sans doute à cause de ce tempérament rétif, pour lequel il gardait de secrètes affinités, aimait-il Nouza plus que toute autre. Ne parvenant jamais à lui faire emboîter le pas, il se rattrapait sur Odette, sa docile et tranquille épouse, exerçant sa domination sur celle-ci, sur les domestiques ; et, plus tard, sur ses cinq enfants.

Sous ses tumultes Farid cachait des trésors de sensibilité. Il rattrapait ses fureurs par de vibrantes déclarations de tendresse, suppliait qu'on lui pardonnât ses colères, ses semonces injustes, et inondait l'offensé de cadeaux. Odette accueillait avec la même sérénité orages et repentirs. Ses enfants s'éloignèrent dès l'âge adulte, émigrèrent vers différents pays.

Durant la longue maladie qui devait l'emporter – et qui le délivra à la fois de son embonpoint et de ses humeurs –, fils et filles se retrouvèrent à son chevet. Le cuisinier boiteux, le vieux chauffeur, la bonne yougoslave et Slimane le Soudanais assistèrent à sa fin. Personne ne pouvait contenir ses larmes.

Farid accueillit la mort comme un hôte bienvenu qu'il avait trop longtemps négligé ; mais dont il n'avait jamais tout à fait gommé l'existence.

# V

*Juillet-août 1975*

— Kalya, j'ai réservé vos chambres au Grand Hôtel, l'une à côté de l'autre. Je ne sais pas si ce seront les mêmes.

Retrouverait-elle ces larges couloirs recouverts de moquettes à motifs étranges, où des dragons enlacent des nénuphars bleus ? Y aurait-il ces doubles portes en bois foncé s'ouvrant sur de vastes chambres ? Ces mêmes balcons donnant sur le bois de pins et sur le saule pleureur ? Au rez-de-chaussée, la même salle de jeux ?

— J'espère que tu ne seras pas déçue, beaucoup de choses ont changé depuis. Attends que je calcule : nous sommes en 75, ça fait quarante-trois ans !

Ce ne sont pas des souvenirs que Kalya vient chercher, plutôt un autre lieu – libre, neutre, une sorte de no man's land. Un lieu détaché de son propre quotidien et de celui de Sybil. Une terre rarement visitée, d'où surgissent quelques images, quelques visages. Un décor impartial pour un vrai tête-à-tête : le face-à-face avec Sybil répondant, à travers les années, à ce face-à-face avec Nouza. Kalya aime ces rencontres singulières qui apprennent à mieux se comprendre, peut-être à mieux s'aimer.

Elle ne cherche pas tant à retrouver qu'à découvrir. À communiquer avec cette enfant venue d'ailleurs ; mais aussi à s'informer, sans préjugés, sur ce pays toujours en filigrane ; à déchiffrer son destin si particulier qui échappe aux rengaines de la mémoire.


Dans le living d'Odette, canapés et fauteuils sont enveloppés, comme par le passé, de housses d'été en coutil grège. Les rideaux de taffetas sont maintenus par des cordelettes de soie du même ton. Des tapis persans, bourrés de naphtaline pour les protéger contre les mites, sont enroulés, superposés, placés au bas du mur.

Sybil ne résiste pas au plaisir d'une longue glissade sur les dalles qui débouchent sur une véranda en saillie.

De chaque côté de la pièce, des vitrines fermées à clé contiennent des vases irisés de Damas, des opalines laiteuses d'Iran, des statuettes en jade, des coupes d'albâtre. Un amalgame de bibelots précieux voisine avec de la bimbeloterie. Près d'une commode en laque rouge, sur une table ronde, recouverte d'une nappe en brocart, Odette a mis en évidence ses pièces d'orfèvrerie : plateaux, miroirs, bonbonnières.

— Nos trésors ! Est-ce que tu les reconnais ?

Entre ces vitrines verrouillées, ces objets à sauvegarder, Kalya respire mal. Les yeux d'Odette se mouillent.

— Je les ai sauvés !

— De quoi ?

— De la révolution ! Depuis la mort de Farid, je vends peu à peu mes bijoux pour vivre. Que Dieu le bénisse, c'était un grand seigneur. Il m'en offrait beaucoup ! Dans mes armoires, j'ai des piles de linge. Ici, on ne risque plus rien, c'est le paradis ! Un pays tranquille, le pays du miracle. Tu as entendu cette expression, n'est-ce pas ? C'est le nom qu'on lui donne : « Le pays du miracle ».

Sur une tablette, parmi d'autres portraits, ceux de Nouza et de Farid se détachent. À peu de temps de sa mort, amaigri, les traits tirés, celui-ci s'efforce de prendre une pose avantageuse. Adossée à la rampe d'un bel escalier, Nouza, même immobile, semble sur le point de s'élancer.

# VI

Nouza libère rarement Anaïs de son service, elle a toujours quelque chose à lui demander. Elle l'expédie au village pour que celle-ci lui rapporte un médicament qu'elle oublie aussitôt, lui donne une tapisserie au petit point à terminer. Sur le canevas, Nouza prend plaisir à inventer le graphisme, à choisir les laines aux teintes explosives ; mais, très vite, la suite la lasse. Remuante, capricieuse, l'application n'est pas son fort.

Par besoin d'une présence, par crainte inavouée de se trouver seule, Nouza occupe Anaïs à des riens. Fréquemment elle lui commande un café turc, l'invite à participer à ses «jeux de patience», lui confie les cartes à battre puis à disposer sur le tapis vert.

Entre ma grand-mère et moi, la porte reste entrouverte.

— Tu es là, Kalya ?

— Je suis là.

Elle m'appelle de temps à autre, se contente d'une voix qui réponde à la sienne.

— Tu vas bien, ma petite-fille ?

— Je vais bien, grand-maman.

Une voix qui rompe le silence, ce silence qu'elle redoute et dans lequel au contraire je me complais.


Anaïs, qui n'a pas d'existence propre, qui n'a jamais eu ni d'époux ni d'amant, vivra, cet été-là, la plus extravagante des passions.

Henri faisait partie du groupe des jeunes gens en villégiature, à Solar, avec leur famille. Par quelle aberration s'était-il épris d'Anaïs, si terne et d'un âge certain ? Trop timide, risqua-t-il avec elle ce qu'il n'osait entreprendre ailleurs ?

Elle y crut à cet amour. Elle y crut et s'enflamma.

Sous mes yeux, Anaïs se changeait en une autre. Sa peau devenait translucide, ses hanches émergèrent de leur gangue, son visage irradia. Touchée, éblouie par la grâce de cette métamorphose, j'en fus longtemps marquée.

— La montagne fait des miracles. As-tu remarqué la bonne mine d'Anaïs ?

Nouza s'était-elle doutée de l'aventure ? Elle choisit de l'ignorer. Ayant connu flambées et désespoirs, sachant la précarité de certaines amours, la constance de certaines autres, elle avait acquis bienveillance et même considération pour tout ce qui touchait aux tumultes du cœur. Elle se fit moins exigeante ; sans en avoir l'air, elle s'arrangea pour qu'Anaïs vécût sa chance à fond. Ce furent dix-sept jours d'un bonheur fougueux et bref.

Ensuite Anaïs retrouva son ancienne enveloppe. Peu à peu elle reprit son masque, sa corpulence, ses vieilles habitudes. Parfois un léger tremblement s'emparait de ses lèvres, de ses mains, c'était tout. Le reste parut s'effacer.

Dès le retour au Caire, elle demanda un long congé. Elle souhaitait connaître Malte, son île natale.

— Je n'y ai jamais été. J'ai peut-être encore de la famille là-bas.

— Tu reviendras, Anaïs ?

Jamais elle ne revint. Jamais elle ne fit signe.

Jamais Nouza ne l'oublia. Elle devait lui survivre encore quelques années.

*Exposée de toutes parts, Kalya progresse lentement vers le centre de la Place, comme si elle suivait une procession. Elle avance dans une zone de silence opaque, entourée de maisons engourdies. Un silence sinistre, à l'opposé de tous les silences qu'elle aime. Un silence qui contraste avec celui des lacs, des arbres, des montagnes. Un silence rempli de menaces, étranger au silence paisible de ses chambres d'enfant, de ses chambres d'adolescente, de ses chambres d'adulte. Un silence à mille lieues de tous ces silences qui débordent d'images, de rêves, de chants intimes. De tous ces silences voulus, désirés.*

*Elles viennent vers elle, du fond de sa mémoire, toutes ces chambres. La dernière surtout, plantée dans la ville, au cœur de Paris. Les vagues, les pulsations du dehors battent contre les vitres, les turbulences s'amortissent contre les murs. Les mouvements de la cité imprègnent cependant les pierres, s'infiltrent comme des ondes dans cette chambre, l'emplissant de vivantes rumeurs. Silence plein, dense, riche de paroles tues. Silence pareil à celui du corps qui, secrètement, se régénère.*

*Rien de tel ici. C'est un silence funeste qui se rabat comme un couvercle sur la Place. L'endroit est étouffant, clôturé par des bâtisses de trois à six étages. Tout n'est que fermeture et torpeur.*

*Du fond de cet amas d'étoffes jaunes il y a plusieurs minutes que le cri a surgi, puis s'est tu. Kalya l'a entendu de là-haut, penchée pour la dernière fois à la fenêtre. Un seul cri, enterré sous le poids des silences.*


*Kalya se retourne pour être certaine que Sybil ne la suit pas. Elle l'aperçoit, dans son pyjama fleuri. Près du portail entrebâillé de l'immeuble, l'enfant lui fait signe qu'elle ne bougera pas.*

*Rassurée, elle reprend sa marche. Le chemin est interminable. Il contient toutes les angoisses de la terre, toutes ses lamentations.*

*Autour de la Place, habite une population mixte, originaire de plusieurs communautés. Leurs existences se sont toujours entremêlées. Malgré les premiers troubles, personne ne songe à déménager. Mais, à cause des incidents qui ont éclaté ces derniers jours, de crimes rapidement colportés et qui ont touché leurs différents* groupes, ils s'écartent des amis de la veille, évitent de se rencontrer. Ils craignent des affrontements qu'aucun d'eux ne souhaite.

Derrière leurs volets clos, pour le moment, ils dorment. C'est ainsi que les choses avaient été prévues par Ammal et Myriam. Il fallait prendre la population par surprise. Les habitants n'attendaient que cela, que l'hostilité cessât et qu'on leur donnât le moyen d'être ensemble de nouveau.


Amies depuis l'enfance, rien ne parviendra à faire d'Ammal et de Myriam des ennemies. Rien. Avant l'aube, chacune d'elles quittera sa maison pour aller vers cette rencontre. Arrivant de l'est et de l'ouest de la Place, elles seront habillées toutes deux des mêmes robes, de cette couleur éclatante qui exclut deuil et désolation. Elles tiendront une même écharpe jaune à la main. Leur chevelure sera recouverte d'un fichu du même coloris, du même tissu. Ainsi elles seront identiques, interchangeables.

Parvenues, ensemble, au centre du rond-point, elles se tendront les mains, échangeront un baiser symbolique. Puis elles secoueront leurs écharpes, appelleront à haute voix tous ceux qui attendent autour.

Au même instant, des guetteurs, stationnés sur le parcours, répercuteront la nouvelle. Celle-ci sera reprise, propagée de quartier en quartier par d'autres amis à l'affût.

Les gens sortiront de chez eux, de plus en plus nombreux, la plupart n'attendant que ce signe pour se rassembler. Ils se rejoindront dans ce lieu à ciel ouvert. De là, ils convergeront en masse vers le cœur de la cité. Ils investiront rues, ruelles, squares, boulevards de leurs milliers de pas, réclamant la fin immédiate de toute dissension, de toute violence.

Ceux de la discorde ne parviendront pas à endiguer ce fleuve aux alluvions puissantes...

# VII

*Juillet-août 1975*

Entre deux glissades, Sybil examine sur les rayonnages les photos de famille. Elle trouve Nouza drôlement coiffée, avec ses cheveux à petits crans, curieusement vêtue d'une robe en lamé, étroite et courte. La bouche souriante, le regard malicieux lui rappellent Kalya :

— Vous vous ressemblez.

Odette lui reprend le portrait des mains, scrute à son tour.

— Toi aussi tu lui ressembles. Vous bougez de la même façon. Elle ne savait pas rester en place.

La fillette s'éloigne, tire de son sac de voyage le dernier disque des Pink Floyd que son père lui a offert à l'aérogare. Elle s'approche de l'électrophone :

— Je peux ?

— Tout est à toi ici, lance Odette qui est retournée s'asseoir.

Sybil se balance, tournoie, au son de la musique. Elle court vers Odette, la tire hors de son fauteuil :

— Viens danser !

Celle-ci se laisse faire. Bientôt c'est le tour de Kalya. La fillette les entraîne toutes deux.

Muni de son éternel plateau rempli de tasses de café, de verres de sirop, de biscuits et de confitures, Slimane vient d'apparaître. Le spectacle d'Odette cherchant à garder le rythme le stupéfie.

— Toi aussi, viens !

Sybil l'aide à se débarrasser du plateau, le pousse vers les deux autres. Il n'a pas le temps de protester.

— Odette, Kalya, prenez la main de Slimane.

Le cercle se referme, la ronde reprend.

« C'est fou, absolument fou ! murmure Odette, tandis que tous quatre gambadent à travers la salle. Ces éducations à l'américaine sont complètement extravagantes... Si l'un des voisins nous voyait ! »

Elle hausse les épaules, éclate de rire, déclenche du même coup le rire du Soudanais.

Dans l'atmosphère surchauffée, le parfum de violette et d'ambre d'Odette s'agglutine aux odeurs de transpiration, de naphtaline, de café, de sirop de mûres, d'oignons, venues de la cuisine. La ronde tourne, tourne. Les senteurs marines mélangées à celles des pins envahissent par bouffées ce living dont les portes-fenêtres s'ouvrent sur le dehors.

— Je t'ai vue pour la première fois au Grand Hôtel. T'en souviens-tu, Kalya ? Tu estivais avec ta grand-mère. Je venais d'épouser Farid. Tu avais douze ans, j'en avais vingt-cinq. Tu étais folle de danse, toi aussi !

Elle baissa le ton pour ajouter :

— Et Mario, t'en souviens-tu ?

# VIII

Ma grand-mère Nouza vient de me passer le télégramme :
— Lis.

Je lis : « Arrive avec Odette. Ton frère affectueux, Farid. »
— Ce sera toujours le même, il décide en trois minutes et tout doit s'arranger. Tant mieux, il me manquait.


Quelques jours après, nous sommes assis – mon grand-oncle, ma grand-mère, Odette enceinte et moi – dans la salle à manger aux murs ornés de glaces du Grand Hôtel.

De taille moyenne, qu'il redresse sans cesse, mon grand-oncle soigne sa mise : chemises de chez Sulka impeccablement blanches avec initiales brodées sur la poche, costume en tissu de – chez Dormeuil, cravate de chez Charvet. Il grille une cinquantaine de cigarettes et deux cigares havane par jour, en avalant la fumée.

Dès le début du repas, après avoir déposé sur la nappe ses lunettes à grosse monture d'écaille, Farid entre en ébullition. À travers des bribes de phrases adressées tantôt à sa femme, tantôt à sa sœur, je comprends qu'il ne supporte pas que le directeur de l'hôtel, son « soi-disant ami Gabriel », ne soit pas venu l'accueillir et le placer à la meilleure table. Malgré son légendaire appétit, il touche à peine aux hors-d'œuvre :
— Tu trouves que ces plats ont du goût ?

Odette remue la tête d'une manière vague qui ne veut dire ni oui ni non. Nouza, l'œil moqueur, tapote le bras de son frère.
— Fred, Fred...

C'est ainsi qu'elle l'appelle dans ses moments de tendresse, ou bien pour lui faire sentir qu'elle ne se laissera pas impressionner par ses explosions. C'est plus fort que lui. N'osant se tourner contre sa sœur, une partenaire qu'il sait à sa taille, il agresse son épouse.
— Ce sont d'exécrables bouillies ! Dis-le si tu n'es pas de mon avis.
— Je suis toujours de ton avis, mon trésor.

Cherchant encore querelle, Farid accuse à présent Odette de n'avoir pas protesté contre le piètre emplacement de la table, contre la médiocrité du menu. Ses lèvres roses et charnues accusent un léger pincement, tandis que ses yeux bruns, décolorés, gardent le même air impassible. Le ton monte, Farid l'invective, fulmine.

Je n'y tiens plus, je repousse ma chaise, me dresse.

— Tu ne peux pas parler à Odette comme ça!

— Mais enfin, Kalya, qu'est-ce qu'il t'a fait, ton pauvre oncle?

Ma tante me dévisage comme si je tombais d'une autre planète. Découvrant avec stupeur ma nature et réalisant qu'il ne pourra pas plus se frotter à moi qu'à sa sœur, mon grand-oncle s'amadoue:

— Toi et ta grand-mère vous êtes naturellement hors de cause.

— Je ne te parle pas de moi, ni de ma grand-mère, mais de ta femme!

La main d'Odette saisit la mienne, me force à me rasseoir.

— Ne fais pas de peine à ton oncle, je t'en supplie, Kalya.

Celui-ci gratte sa moustache, tire de son étui en or une cigarette qu'il se met à fumer fébrilement.

Le regard tranquille d'Odette, mon visage que je sais en feu, le clin d'œil narquois de Nouza me douchent. Je me rassois.

Quelques minutes après, mon grand-oncle fait signe au sommelier. En expert, et d'une voix modérée, il se plaint de ce goût de bouchon qu'il trouve au vin et réclame une autre bouteille.

Au plat suivant, c'est la fraîcheur des rougets qu'il met en doute. Cette fois, il convoque le maître d'hôtel.

— La sauce épicée est un vieux truc qui ne cache rien.

— Ces rougets sont extra-frais.

— Extra-frais! Comment le sais-tu? Est-ce que tu les as pêchés?

Le ton grimpe. Quelques dîneurs nous fixent d'un air désapprobateur. Farid baisse la voix:

— Le directeur, où est-il?

— Un dîner d'affaires… dans sa chambre.

— L'a-t-on prévenu de mon arrivée?

La réponse est prudente:

— Sans doute pas.

— Eh bien, qu'on le prévienne. Tout de suite.

*  *
*

Le directeur ne tarda pas à faire son entrée. Son corps ballonné se terminait à une extrémité par des pieds menus, chaussés d'étincelantes bottines en cuir jaune; à l'autre, par un visage sphérique, surmonté d'un crâne miroitant. Une couronne de cheveux blancs, bouclés, touffus, recouvrait ses tempes. Il dodelinait en marchant.

— Mon ami, mon ami! s'exclama-t-il, ouvrant ses bras à mon grand-oncle.

Celui-ci bondit hors de sa chaise. Tous deux s'étreignirent. Les excuses chuchotées du directeur furent sans doute convaincantes, car j'entendis :

— Ah ! ces Nordiques, je les connais, Gabriel ! Du feu, ces femmes-là ! Du feu !

Le directeur s'adressait maintenant à l'ensemble de la table d'une voix assurée :

— Et ce menu ?

Un silence embarrassé lui fit écho. Il reposa la question :

— Comment avez-vous trouvé mon menu ?

— Excellent ! coupa mon grand-oncle.

— Je dirige en personne les cuisines. Je vais même écrire un livre de recettes. Je suis un gourmet, un gastronome, tu le sais, Farid. Tu en as eu la preuve tout à l'heure : les rougets. Comment les as-tu trouvés ?

— Bonissimo ! Excellentissimo !

Satisfait de ces superlatifs dont Farid raffolait, Gabriel fit rasseoir son ami et, s'appuyant sur le dossier de sa chaise :

— Après dîner, monte prendre le café dans ma chambre. Nous serons entre hommes. Nous discuterons « affaires ».

Il lui donna une chiquenaude, accompagnée d'un clignement d'œil qui n'échappa à personne, tira de sa poche un cigare havane qu'il lui offrit. Puis, se tournant vers nous d'un air affable :

— Ces dames nous excuseront.

Hésitant entre les plaisirs qui lui étaient promis et l'austérité patriarcale qu'il s'était imposée, Farid observa tour à tour sa femme, sa sœur, puis son hôte. Ce dernier intervint de nouveau :

— Vous permettez, jolie madame, que votre mari me rejoigne ?

Échapper, rien qu'un moment, aux tumultes de son époux ! Odette quitta son air évasif, acquiesça avec un large sourire :

— Tu dois y aller, mon chéri.

Farid lui prit la main, la porta à ses lèvres, y posa un long baiser et, s'adressant à moi :

— Une femme comme la mienne, c'est rarissimo ! Tu n'as que douze ans, Kalya, mais n'oublie jamais qu'Odette, ta tante, est la meilleure des épouses. Un véritable trésor !

*  *
*

Cet été-là, tandis qu'Anaïs se consumait au feu d'une surprenante passion, je rencontrai Mario, mon premier amour.

Malgré mon jeune âge, Nouza aspirait à me faire « entrer dans le monde ». Un soir, elle m'autorisa à l'accompagner au bal.

— Tu t'assoiras à côté de moi. Tu pourras regarder les gens danser.

Sous une pergola, des tables, recouvertes de nappes d'une blancheur immaculée, se dressaient autour d'une plate-forme rectangulaire. Le buffet croulait sous les nourritures. Sur le quatrième côté, les neuf musiciens de l'orchestre accordaient leurs instruments.

Très sollicitée, glissant d'un partenaire à l'autre, ma grand-mère avait demandé à Anaïs de rester dans les parages ; elle pourrait ainsi me raccompagner dans ma chambre si je m'ennuyais.

Entre les danses, Nouza cherchait ses lunettes et me mettait à contribution :

— Kalya, ma chérie, mes lunettes, il me les faut. Sans elles, je suis perdue.

Je les retrouvais dans son sac, entre les plis d'une serviette de table ou par terre. Elle les portait rarement, préférant jouer de son regard éloquent et bleu.

Au son des valses, des tangos, des charlestons, les danseurs rejoignaient et quittaient la piste. J'étais trop jeune pour qu'un cavalier songeât à m'inviter. J'endurais mal mon immobilité. J'avais des fourmis dans les jambes, je battais la mesure avec mes pieds.

Mon grand-oncle se pencha vers moi et, tout bas :

— Il y a sept ans, à Monte-Carlo, j'ai gagné le premier prix de tango. Tu aurais dû voir ça ! Aucun de ces gringalets ne m'arrive à la cheville. Il est vrai que ma cavalière avait une allure de déesse !

Jetant en direction d'Odette un regard nostalgique et compatissant, il poussa un énorme soupir.

— Ta tante, elle, a évidemment d'autres qualités.


La musique s'emballe, attaque une rumba. Je trépigne sur place.

Un goût prononcé pour la danse est une particularité des femmes de notre filiation. Nouza me racontait que ma bisaïeule Foutine aurait pu être danseuse si elle était née ailleurs, en des temps différents.

— Dommage, dommage. Elle aurait pu danser *Le Lac des cygnes* !

J'ai connu Foutine à la fin de sa vie, elle avait près de quatre-vingt-dix ans. Je la revois, percluse, son bassin, ses membres inférieurs anesthésiés. Bloquée sur son divan rouge, elle tricotait durant des heures. Elle semblait oublier ainsi l'engourdissement de son corps, se réconfortant, sans doute, du spectacle de ses doigts rapides, habiles, à l'agilité miraculeusement préservée.

Ma bisaïeule avait beaucoup dansé durant son adolescence dans les salons de son père, petit gouverneur d'une province syrienne au temps de l'empire ottoman. Au milieu d'un cercle familial restreint, elle évoluait, ondoyante et souple, laissant flotter au bout de ses doigts un mouchoir en mousseline de couleur. Sa mère, à genoux sur un tapis de Smyrne, tirait d'une cithare des sons vivaces ou languissants pour l'accompagner.

Dès qu'elles quittaient la maison, mère et fille se cachaient la face derrière un voile, pour se conformer à la coutume ambiante. Je m'étais souvent demandé comment elles avaient vécu cet enfermement. Ma grand-mère Nouza n'avait pas connu cette contrainte ; en Égypte, la tradition du voile était moins astreignante et déjà contestée.

Contrairement à sa mère, Nouza n'avait pas le goût du solo. Elle ne concevait la danse qu'en compagnie d'un partenaire, trouvant plus de plaisir à charmer celui-ci qu'à s'ébattre toute seule...


Qu'est-ce qui m'a brusquement saisie ? Oubliant toute timidité, renonçant à toute réserve, je me suis élancée sur la piste.

Nouza n'eut pas le temps de s'interposer. L'aurait-elle fait que cela n'aurait servi à rien, j'étais hors d'écoute, et ma grand-mère, qui n'avait pas un sens aigu de la discipline, m'aurait sans doute laissée faire.

Emportée par la mélodie, je me suis faufilée parmi les danseurs. Toutes les joies de la terre et du ciel me possédaient. Je virevoltais, tourbillonnais. J'étais au-delà de toute parole. À la fois moi-même et plus du tout moi ! Une autre. Plus heureuse, plus libre.

Je me surpris à bondir sur l'estrade des musiciens ; à sauter à pieds joints d'une chaise vide à l'autre. Je grimpai enfin sur la table du banquet, que je parcourus dans toute sa longueur, en voltigeant sur la nappe neigeuse débarrassée de vaisselle et de couverts, parsemée des restes d'une décoration florale. Quelques verres se mirent à tinter.

Inconsciente de ce qui se passait autour, j'ai poursuivi ma course dans le bonheur.

Quand la musique prit fin, soudain mes membres se relâchèrent, le souffle me manqua. Durant quelques secondes, je me tins immobile, les bras ballants ; je me sentis confuse, nue.

Très vite les applaudissements, les bravos éclatèrent. Je fus inondée par une pluie de confettis.

J'ai longuement soupçonné mon grand-oncle Farid, soutenu par ma grand-mère, d'avoir déclenché cette ovation. Je m'étais promis de questionner, un jour, Odette à ce sujet.

# IX

— J'avais tout deviné pour Mario. Tu étais une enfant si précoce.

Odette dévisage Kalya, attendant une réponse. Celle-ci fait un effort pour se souvenir. Mario avait des cheveux noirs, épais, des pommettes saillantes, le visage hâlé des sportifs, beaucoup d'assurance. Il venait de terminer ses études de droit. Était-il grand ou de taille moyenne ? Le temps avait tout effacé.

— Je me souviens à peine.

— Si... Si... Raconte-moi...

— Je n'ai pas grand-chose à raconter.

— Tu ne me feras pas croire ça ! À nos âges on n'a plus rien à cacher. Moi aussi, j'ai une belle histoire d'amour à te dire. Et puis, je te réserve une surprise.

Les yeux d'Odette pétillent. Son regard, jadis si inerte, s'est animé avec l'âge ; tandis que la bouche, qui avait été pulpeuse, sensuelle, s'est fripée, rétrécie.

— Commençons par Sybil, pour elle aussi j'ai une surprise. Va dans sa chambre, je vous rejoindrai.

\*   \*

\*

Kalya arriva à temps pour empêcher la fillette de coller au mur des photos de Travolta, de *West Side Story*, de Bob Dylan, d'Einstein lapant un cône de glace, de ses parents au bord d'une piscine.

Elle l'aida à ranger ses effets dans le bahut aux couleurs déteintes, éloigna la chaise défoncée. Un lustre, à globes empoussiérés et bleuâtres, pendait du plafond dont le plâtre s'écaillait. Toutes les pièces de l'appartement, négligées au bénéfice du living, se dégradaient lentement.

Odette entra, tenant une boîte de chaussures qu'elle déposa entre les mains de Sybil.

— Je te confie Assuérus.

Pétrifiée sur sa feuille de laitue, la tortue cachait tête et jambes sous sa carapace.

Sybil se coucha sur le tapis troué ; celui-ci recouvrait la partie du plancher où manquaient plusieurs lattes. Elle posa Assuérus

37

sur son ventre, ferma les yeux, retint sa respiration. Rassuré, l'animal s'aventura lentement en direction de son cou. Étendue sur le dos, l'enfant ne bronchait pas et continuait de retenir son souffle. Kalya prit peur, l'appela :

— Sybil !

Elle ne répondit pas. Kalya s'accroupit, l'appela plus fort.

— Je faisais la morte, pour ne pas effrayer la tortue. Tu vois, elle s'est cachée de nouveau.

Elle souriait d'un air moqueur :

— Tu avais peur qu'elle ne me dévore, c'est ça ?


Odette précéda sa nièce à travers l'appartement.

— Viens dans ma chambre. Tu avais l'air inquiète pour l'enfant. Est-elle malade ?

— Non, elle est en pleine santé. Je ne sais pas ce qui m'a pris.

Elle se rappela le parcours depuis l'aérodrome. Raconta la dispute, les campements, le contrôle, le malaise qui s'ensuivit, la tentation qu'elle avait eue de repartir.

— Tellement de contrastes entre...

Odette l'interrompit :

— Crois-tu que ça manque de misère dans ton pays ou dans le sien ? C'est plus caché, c'est tout. S'il reste un coin de paradis, c'est le nôtre.

En quelques mots elle conjurait menaces et périls, et, prenant le bras de sa nièce :

— Viens voir !

— Pourtant il y a quelques années...

Kalya lui rappela la flambée meurtrière qui avait fait la première page des journaux.

— Il y a quinze ans ! Tu as bien vu, ça n'a pas duré. Tout s'arrange.

Les mêmes paroles revenaient.

— Mais les causes, les raisons ?

— Tu questionnes trop. Tu ressembles à Myriam.

— Myriam ?

— La fille de Mario, tu la connaîtras. Elle lui donne beaucoup de soucis. Pauvre vieux, je le plains.

— Ce pays, le connais-tu vraiment ?

— Si ton oncle pouvait t'entendre, il te gronderait, lui qui ne voulait que des femmes sans problèmes autour de lui ! Un pays, Kalya, c'est comme les humains : l'orage, puis l'arc-en-ciel.

L'Histoire se résumait pour Odette à une suite de scènes intimes. Ses turbulences, ses équilibres évoquaient les querelles du foyer, outrancières mais sans conséquences. Elle n'imaginait pas d'autres modèles aux conflits des peuples et des nations que ceux de ces tempêtes conjugales qui se dénouaient toujours en embrassades et en festins.

Elle venait d'ouvrir à deux battants la fenêtre de sa chambre :

— Que je suis bien ici ! Regarde.

Toitures et terrasses s'enchevêtraient allégrement sous un soleil persistant, euphorique.

À l'entrée de l'immeuble, dans l'entrebâillement de la porte, Sybil, le cœur battant, suit des yeux chaque mouvement de sa grand-mère.

Celle-ci progresse, peu à peu, le long du chemin distendu.

Pas d'obstacles à contourner. Pas de bassin, pas de kiosque à longer. Pas d'arbres ni de banc sur ce terre-plein. Ni treillage, ni palissade, ni feuillage, ni talus. Rien qu'un tronçon d'asphalte, entouré de bâtisses, si rapprochées les unes des autres qu'on dirait un mur d'enceinte.


Une place. Un emplacement vide. Un plateau de théâtre à l'abandon, graduellement éclairé par ces feux de la rampe que sont les premières lueurs du soleil levant.

Rien qu'un espace imaginaire? Une séquence de cinéma, où la scène cruciale, plusieurs fois reproduite, obsède comme une rengaine? Son ralenti décomposant les images, les gestes, pour que ceux-ci impressionnent et se gravent dans l'esprit du spectateur. Un spot répété sur l'écran télévisuel, offert simultanément à des millions de gens.

Terrible, ce lieu, tragiquement prémonitoire, qui pourrait n'être qu'imaginé!

Pourtant il est là. Il existe. À chaque pas, Kalya éprouve la consistance du sol. Dans sa poitrine ne cesse de retentir le cri strident, réel, poussé par Ammal ou Myriam, par Myriam ou par Ammal.

C'est bien elle, Kalya, dans sa robe blanche, son tricot de coton aux points relâchés; elle en reconnaît la texture, elle sent autour des cuisses et des genoux la flexibilité soyeuse de la jupe. Elle, Kalya, arrivée depuis peu avec sa petite-fille d'au-delà des mers. Soudain enfoncées, liées toutes les deux à cette histoire si lointaine et si proche à la fois.

Tout cela est vrai. C'est bien un pistolet qu'elle tient dans sa main, sa crosse rugueuse qu'elle serre sous sa paume. C'est bien le pontet, la détente dont elle a repoussé le cran de sûreté, qu'elle sent autour de son index.

Kalya trace, presque malgré elle, un fil indélébile qui va, vient, de Sybil jusqu'à elle, et plus avant jusqu'aux jeunes femmes si dangereusement à découvert...

# X

*Juillet-août 1975*

Odette prend l'air contrit dès qu'elle parle du départ d'Égypte :
— Ça n'a pas été facile de tout quitter. Mais, après tout, ton oncle repose, ici, dans le sol de ses aïeux. Plus l'âge avance, plus je m'enracine. Et toi, Kalya ?
— Je ne crois pas, non.
Que sont-elles, les racines ? Des attaches lointaines ou de celles qui se tissent à travers l'existence ? Celles d'un pays ancestral rarement visité, celles d'un pays voisin où s'est déroulée l'enfance, ou bien celles d'une cité où l'on a vécu les plus longues années ? Kalya n'a-t-elle pas choisi au contraire de se déraciner ? N'a-t-elle pas souhaité greffer les unes aux autres diverses racines et sensibilités ? Hybride, pourquoi pas ? Elle se réjouissait de ces croisements, de ces regards composites qui ne bloquent pas l'avenir ni n'écartent d'autres univers.
— Pourquoi es-tu revenue ici, avec l'enfant ? Justement ici ?
Odette n'imagine qu'un type d'«émigrés» : ceux qui ont jadis quitté leur pays natal pour fuir la famine ou les luttes sporadiques entre communautés, ou pour «faire fortune». De père en fils, ceux-ci prolongent la nostalgie d'une petite patrie de plus en plus fictive, de plus en plus édulcorée. Par à-coups – tendre, odorante, radieuse sous sa pèlerine de soleil –, celle-ci resurgit au cours d'un repas composé de plats du terroir ou dans l'intonation un peu traînante de voyageurs venus de là-bas ; ou encore parmi les clichés jaunis que l'on déverse sur la table après le repas.
— Ça, c'était l'oncle Selim, le grand-père de Nouza, avec sa femme, la tante Hind. Celui-ci, c'est Mitry, le cousin poète, en culottes courtes. Celui-là, attendez que je me rappelle... Ah ! oui, Ghassan, encore un oncle établi à Buenos Aires, propriétaire de la plus grosse fabrique de calicot. Celle-ci, c'est Chafika, c'était une beauté.
D'autres fois, c'est le cliché d'un site qui émeut. Un bout de montagne enneigée, piquée de quelques cèdres ; un morceau de mer phosphorescente longeant une plage irisée, avec ses parasols d'un rouge déteint, ses larges cabines bleues. Ou encore la photo d'un bourg ou d'un hameau, «berceau de la famille», soudé à un flanc de colline planté d'oliviers. Un lieu semblable, de prime abord, à n'importe quelle agglomération du pourtour de la Méditerranée ; mais le simple fait de le nommer, de le

contempler, de le toucher du doigt sur ce papier terni éveille en chacun un sentiment ému de douce appartenance.

L'émigré de la première génération retournait au pays pour y trouver épouse; pour s'y faire bâtir un mausolée en vue de futures et fastueuses funérailles. Dans son village, il gardait une position privilégiée, maintenue par une correspondance continue, par des envois réguliers de fonds à ceux des siens qui demeuraient sur place. Ces coutumes s'effaçaient avec les générations suivantes.


Odette répète sa question:
— Pourquoi ici? Justement ici?

Il y a de multiples raisons à cette décision. Les demandes répétées de l'enfant, le désir d'une rencontre loin de leurs quotidiens respectifs.

Aussi par tendresse. Tendresse pour cette terre exiguë que l'on peut traverser en une seule journée; cette terre tenace et fragile. Pour le souvenir d'élans, d'accueils, d'un concert de voix. Pour Nouza qui introduisait, épisodiquement, dans ces paysages d'été son beau visage mobile.

— Pour Nouza. Pour mieux connaître, aimer ce pays. Pour Sybil.

— Mitry aurait pu tout vous expliquer. Dommage qu'il ne soit plus là. Il connaissait bien nos régions, leur histoire, leurs croyances... De ce temps-là, personne ne l'écoutait. Nous ne nous intéressions pas à ces choses. Tu te rappelles Mitry?

# XI

Cet été-là, une semaine après le départ de mon grand-oncle, aussi intempestif que son arrivée, Mitry était venu nous rejoindre au Grand Hôtel. À son retour en Égypte, Farid, lui ayant trouvé le teint pâle, la mine abattue, nous l'avait expédié avec une lettre pour Odette lui recommandant d'acquitter tous les frais du séjour de son «très cher cousin».

Orphelin et sans fortune, Mitry avait toujours été hébergé, avec l'accord de Nouza, par mon grand-père Nicolas. À petits pas, à petits gestes, à voix basse, il vieillissait à leur ombre. Malgré sa discrétion, il devait profondément marquer leurs existences.

Le cousin Mitry était atteint d'un eczéma chronique qui recouvrait son corps de plaques de rougeur. Des fragments de peaux sèches se détachaient de son visage et de son cou, tombaient en copeaux ou en poussières sur ses épaules et les revers de sa veste. Esquissant un sourire d'excuse il les balayait avec des mouvements furtifs, tandis que nous faisions semblant de ne rien voir. En public, il portait des gants de fil, couleur bistre, pour dissimuler ses mains.

Silencieux et doux, Mitry avait tout pour déplaire à Farid. En plus, «il écrivait»! Pas seulement des lettres, mais pour son propre plaisir:

— Un poète!

Le comble de l'insanité! La famille s'en était aperçue à quelques taches d'encre violette qui maculaient ses doigts, à cette bosse sur la dernière phalange du médius. Son incapacité à faire de l'argent, à courir le beau sexe, à prendre rang dans la société rendaient le jugement de mon oncle sévère et sans appel. À son avis, le cousin, voué à la médiocrité, possédait un cerveau infantile, peu enclin au développement. Il avait fallu toute la fermeté de son beau-frère Nicolas – un homme plus âgé dont la sagesse et la prospérité lui en imposaient – pour que Farid se retînt de brocarder Mitry et son jardin secret.

Bourré de contradictions, mon grand-oncle avait le cœur assez large pour y englober ceux dont les goûts, le caractère, les préoccupations étaient aux antipodes des siens. Par à-coups, il s'inquiétait de la santé de son cousin.

Cette sollicitude venait de valoir à Mitry ce séjour à la montagne ; voyage dont il se serait volontiers passé. Il appréhendait les déplacements, ne se sentait en sécurité que parmi ses livres, dans l'antre de sa chambre, nichée à l'entresol, avec ses volets mi-clos. Il accumulait dans son alvéole des bouquins de toutes sortes que Farid n'eut jamais la curiosité d'ouvrir. Mitry évitait, il est vrai, d'introduire qui que ce soit dans sa chambre qu'il entretenait minutieusement. Ma grand-mère, qui doutait de la virilité d'un homme qui vaque aux soins du ménage, s'en exaspérait parfois mais laissait faire sous l'injonction de Nicolas, son époux. Elle devait se retenir pour ne pas pousser Anaïs à entrer dans la pièce de Mitry pour lui refaire son lit, emporter son linge à laver, épousseter dans les coins.

Auprès de rares amis le cousin avait acquis une réputation d'érudit, mais il taisait son occupation favorite : la poésie. Il consignait ses innombrables poèmes dans de minces cahiers d'écolier, noircissant les pages d'une écriture appliquée, sans ratures, aux majuscules ornées. Il tassait ensuite ces feuillets, qu'il n'aurait jamais songé à faire imprimer, dans des boîtes de carton, qu'il glissait sous son lit.

Un après-midi, à voix basse, il m'en parla. Sans doute parce que je n'étais qu'une enfant et qu'il ne craignait pas mon jugement.

Plus tard, il me fit pénétrer dans sa chambre. Les murs étaient recouverts d'un papier peint décoré de fougères brunâtres, les rideaux étaient tirés. Je m'assis sur le tabouret bas surmonté d'un coussin en tissu damassé.

Debout devant moi, Mitry me lut un texte fabriqué à mon intention. J'en garde un souvenir mièvre, celui d'une ritournelle assez convenue. En revanche, je conserve une mémoire très vive de ses yeux vert d'eau qui s'éclairaient au fur et à mesure de sa lecture, du rajeunissement de ses traits, de ces plaques de rougeur qui semblaient s'estomper.

Tandis qu'il lisait, emporté par sa voix, tout s'allégeait autour de nous. La chambre prenait des ailes. Pigmentés par une lumière tamisée qui filtrait à travers l'épaisseur des tentures, les meubles, les murs semblaient s'embraser sous l'ardeur qu'il mettait à prononcer ses mots. Des mots d'une platitude extrême auxquels j'avais failli me laisser prendre.

Mon affection pour Mitry redoubla. Mais je devais dorénavant douter de la relation entre le bonheur qu'on éprouve à ses propres imaginations et le résultat qui en découle.

Il me confia le poème.

— C'est pour toi. N'en parle jamais.

Une fois dégrisé, se jugeait-il avec clairvoyance ? Ou bien sa modestie naturelle l'aurait-elle, même en cas de talent, maintenu dans cette obscurité ?

Je gardai le poème. Il m'était plus précieux que les mots qu'il enfermait.

# XII

— Je possède tous ses cahiers, dit Odette. Mitry me les a confiés avant de mourir. Sa bibliothèque, je l'ai laissée. Il avait trop de livres.

Odette et Mitry s'étaient connus plus profondément, plus durablement que Kalya n'aurait imaginé.

— Mitry s'intéressait à l'histoire de nos communautés. Bien qu'orthodoxe, c'est lui qui m'a expliqué la liturgie maronite. Farid avait accepté que nos fils soient élevés selon mon propre culte. Ton oncle était croyant, mais ne pratiquait pas. Sauf durant sa maladie; il m'accompagnait alors aux offices. Avec l'âge, on se rend compte que la religion c'est important, n'est-ce pas? Je vais à la messe tous les matins, c'est une chance que la chapelle des Frères soit à deux pas. Et toi, tu es croyante au moins?

— Je ne saurais pas te dire... Je serais plutôt agnostique.

— C'est quoi « agnostique »? Encore une autre religion?

— Pas exactement.

— Tu n'es pas athée au moins?

— Non plus.

— Ici, la religion prime tout, elle marque toute l'existence.

— Croire est une affaire intime.

— Si tu penses comme ça, alors tu te trompes de pays, de peuple, de contrée!

# XIII

*Juillet-août 1932*

— Orthodoxe, c'est quoi?

Nouza n'avait rien d'une dévote, elle s'emmêlait dans les principes, dogmes, fêtes et cérémonies de nos diverses communautés. Évitant de me fournir des explications, œcuménique avant l'heure, elle déclara:

— Toi, ma petite-fille, tu es à la fois catholique et orthodoxe, qu'est-ce que ça change? Le bon Dieu est au carrefour de tous les chemins.

— Le bon Dieu, tu y crois, grand-maman?

Je poussais trop loin, n'allait-elle pas me gronder? Ma demande dénotait un scepticisme inhabituel qu'elle ne souhaitait pas encourager. Pour toute réponse, elle pointa l'index en direction de l'icône. Au-dessus de la courte flamme, le visage de sa toute-puissante et suave compagne irradiait.

— Voilà ma réponse: la Mère de Dieu ne me quitte jamais!

Pouce, index, médius joints, se signant trois fois selon sa propre liturgie, Nouza m'invita à l'imiter. La petite mèche étant presque consumée, elle me pria de remplacer la bougie plate qui flottait au-dessus de l'huile de paraffine. Grâce à ce rituel, qui la secourut durant sa longue existence et qu'elle me demandait, durant nos vacances, d'accomplir à sa place, elle pensait m'attacher, sans trop de questions, aux mystères de la foi.

Au cours de l'opération, j'admirais le modelé du dessin, le dégradé des tons, l'expression à la fois souveraine et humble de l'icône. Me laissant séduire par tant de beauté, je restais cependant étrangère à toute ferveur.

La pratique religieuse de ma grand-mère se bornait à ce culte, à la visite annuelle au cimetière où reposait son époux, au repas des fêtes de Pâques où l'évêque Anastase était leur hôte. Il portait sur la tête une haute et rigide coiffe noire. Son corps interminable était revêtu d'une soutane soyeuse et sombre. Il avait des yeux de braise, une barbe superbement effilée.

L'évêque portait en sautoir une croix en améthyste que ses fidèles lui avaient offerte. Après avoir béni, au moyen d'une branche de buis trempée dans de l'eau sainte, chaque pièce de la maison, il tendait la main et nous offrait à baiser son anneau au large chaton mauve.

Après le repas, il fumait des cigarettes Gianaclis en compagnie de son hôtesse qui en avait toujours une provision. Depuis la mort de Nicolas, qui avait vainement essayé de lui faire perdre cette habitude, Nouza s'adonnait librement à ce plaisir.

Constantin le cuisinier, qui déplorait les incessantes violations de son territoire par ma grand-mère, toujours prodigue en conseils et en suggestions, apparaissait à la fin du déjeuner. En veste blanche, les mains croisées devant son gros ventre, il recevait les félicitations du prélat dont il était une des ouailles. Puis il s'inclinait pour baiser la bague à son tour.

* *
*

— Est-ce qu'il croyait en Dieu, grand-père Nicolas ?

Je revenais à la charge ! Tant d'obstination lui déplut, Nouza hocha la tête, trancha :

— C'était un homme instruit.

Sa réponse renforça mes soupçons. De cette multitude de religions, de toutes leurs ramifications, chacune garante de la seule vérité, chacune excluant l'autre, comment Dieu s'en tirait-il ?

— Dieu est l'immensité, n'est-ce pas ? Dieu est pour tous les hommes ? Dieu est sans haine, n'est-ce pas ? Dieu est la bonté même ? Sinon Dieu ne serait pas Dieu, n'est-ce pas, grand-maman ?

J'avais sûrement un ton pathétique, le problème me bouleversait. Je m'agrippai à son bras.

— Explique-moi Dieu, grand-maman !

Se déchargeant de toute responsabilité en ces domaines épineux, se libérant de tout motif d'inquiétude, Nouza me planta là pour rejoindre sa chambre. Durant quelques heures, notre porte de communication resta fermée. À travers la cloison, je l'entendis discuter avec Anaïs du choix de sa toilette.

— Je mets la longue robe mauve, ou la courte en lamé ?

Ensuite vint le tour des boucles d'oreilles dont la couleur devait s'assortir au vêtement.

Pour me renseigner il restait le cousin Mitry. Aussi obscur que Farid était voyant, celui-ci se tenait à l'écart durant la journée. Il ne nous rejoignait toutes les trois qu'aux heures des repas.

Un matin, dans les couloirs du Grand Hôtel, je l'ai abordé avec mes doutes. Il ne m'a pas éconduite, bien au contraire ; heureux de m'initier à un savoir que méconnaissaient ses plus proches, à des problèmes dont ceux-ci ne se souciaient même pas.

Mitry me raconta les disputes christologiques qui ensanglantèrent le passé, les querelles islamiques qui le déchirèrent. Histoire de ruptures et de réconciliations, de conquêtes, d'humiliations, de sang et de larmes. Loin de sa bibliothèque, il en savait par cœur le contenu.

Nous marchions ensemble dans le bois de pins proche de l'hôtel. Dans ses pas, je remontais les allées des schismes et des unions, celles des batailles, des rétractations, des trêves ; celles des massacres et des sanglots.

— La mort fascine les hommes, c'est étrange.

Pour remédier aux noirceurs de son récit, Mitry ramassait une pomme de pin tombée au pied d'un arbre, la cognait avec une pierre jusqu'à ce que des pignons s'en échappent. Il m'offrait, ensuite, les graines dans sa paume gantée.

— Je ne devrais peut-être pas te raconter tout ça. C'est trop pour ton âge.

— Il faut tout me dire. Tout.

Je semblais si décidée qu'il continua. Il s'efforçait de tracer des chemins à l'intérieur de ces méandres, de trouver des mots simples pour rendre compte de ces discussions houleuses, embrouillées, autour de la succession du Prophète, autour du dogme de la Trinité, qui divisaient les uns et les autres jusqu'à l'exécration. Fallait-il être partisan d'Ali, cousin et gendre du prophète Mahomet ; ou bien être fidèle au calife, son successeur choisi par consentement général ? Fallait-il attribuer au Christ une ou deux natures, une ou deux volontés ? Fallait-il être uniate, monothélite, nestorien, chalcédonien, monophysite ? Ces démêlés aboutissaient à des luttes assassines, à des carnages, à de meurtrières fureurs.

Mitry confirmait :

— Jusqu'aujourd'hui, dans ce pays, il y a quatorze possibilités d'être croyant, monothéiste et fils d'Abraham ! N'est-ce pas trop compliqué ? Tu n'es qu'une enfant, Kalya.

— Continue. Je veux tout savoir.

Il reprenait, atténuant de temps à autre les terreurs de l'Histoire en me faisant admirer la chaîne des montagnes, l'éventail feuillu d'un vallon entre deux falaises écorchées ; en m'apprenant à aimer la lumière, à respirer à pleins poumons, à entendre couler le torrent, à rendre grâce pour tous les bleus du ciel et pour ce jour de paix :

— C'est fragile. Chaque jour de paix est un miracle. N'oublie pas cette pensée. Où que tu sois, au plus profond de ta tristesse, elle t'aidera à sourire.

Pour moi, il ramassa des brindilles d'herbe au creux d'un rocher, cueillit une feuille odorante dans un massif touffu.

Puis il enchaîna. Jamais je ne l'ai trouvé aussi captivant ; jamais plus il ne sera aussi disert. Il me relata ces aubes sanglantes, ces luttes intestines, ces destructions, ces carnages ; me décrivit ces ascètes-guerriers et ces zélés de tous bords.

— Bref, conclut-il, sur cette surface minuscule tout a eu lieu : le pire comme le meilleur ! Admirable petite terre, mais dangereuse.

Je ne le quittais pas des yeux.

— Admirable ou dangereuse, reprit-il, selon ce qu'on en fera !

— Tu crois en Dieu, cousin Mitry ?

Il réfléchit, se gratta le front. Les fragments de peau boursou-flés causés par l'eczéma tombèrent en fine poussière sur ses sour-cils. Il tira un large mouchoir de sa poche, se tamponna le visage en clignant des yeux.

— Je crois en Dieu.

Malgré les ombres et en dépit d'un jugement lucide, il avait fait son choix. Ne pouvant se passer d'une soif de perfection et d'un dessein final, il prenait, posément, humblement, place dans la foi de ses ancêtres. Je l'en admirai.

*Kalya gravit-elle un chemin à rebours ? Une pente abrupte qu'elle prend un temps considérable à remonter ?*

*Avance-t-elle, à perte de vue, comme une somnambule ? Est-ce l'angoisse de ces derniers jours qu'elle a maquillée en tragédie ?*

*Elle s'est déjà retournée deux fois pour chercher Sybil des yeux. Elle ne se retournera plus. Elle a confiance, la fillette gardera parole, elle restera à l'abri.*

*Il y a trois ans, une petite fille, vêtue et coiffée de laine rouge, courait sur un champ neigeux, entre les bouleaux argentés... Kalya conserve cette photo dans son portefeuille. Pourquoi n'avoir pas laissé l'enfant là-bas, dans un pays préservé, loin de ces guets-apens ?*

*Kalya ne se retournera pas non plus vers la fenêtre du cinquième étage, celle qui s'ouvrait d'abord sur la marche rayonnante d'Ammal et de Myriam. Ensuite, sur leur immobilité.*

*À présent, coude à coude, Odette et Slimane se penchent à cette même fenêtre. La face blafarde de la femme est toute proche du visage d'ébène du Soudanais.*

*Kalya avance. Elle ne cherche pas à imaginer les lendemains. Elle avance, elle avance. C'est tout.*

*Sauf la sienne, aucune ombre ne se meut sur la Place. Peut-être que le tueur est encore à l'affût, embusqué à l'angle d'une bâtisse ? Armé par d'autres mains ? Ou attendant son bon plaisir, celui du chasseur infatué de son fusil qui fera, quand il le décidera, un carton sur ce qui bouge ?*

*Kalya avance elle ne sait vers quoi. Un épilogue heureux : les jeunes femmes se relèvent, des centaines de gens accourent autour d'elles ; Sybil, Odette, Slimane se joignent à la liesse générale ? Ou bien l'autre fin : celle qui mène aux abîmes ?*

*Cette dernière supposition lui paraît impossible. Pourtant, ces derniers jours, un obus s'est abattu sur la Place, démolissant le bazar. La boutique vermillon – serrée entre les immeubles de rap-*

port – s'est écroulée, tuant Aziz le commerçant, avec qui Sybil s'était liée d'amitié.

Avant, Kalya et la fillette avaient dû écourter leur séjour à la montagne sur le conseil du directeur de l'hôtel. Depuis plus d'une semaine, elles sont revenues habiter chez Odette en attendant que l'aéroport, fermé par mesure de prudence, s'ouvre de nouveau.

*   *
*

Les pensées de Kalya se contredisent. Le vacarme de son cœur s'amplifie.

De cette masse d'étoffes jaunes qu'elle ne quitte plus du regard, elle entend monter tantôt un gémissement funèbre, tantôt les souffles de la vie...

# XIV

*Juillet-août 1975*

Armardjian, le fleuriste le plus réputé de la ville, vient de livrer un immense bouquet de fleurs.

— C'est pour toi, Kalya. Tu permets?

Odette déchire l'enveloppe:

— C'est de Mario! J'en étais sûre. Il sait que tu es arrivée hier. Cinq douzaines de roses! Un geste digne de Farid. Des seigneurs, les hommes de ce pays! As-tu jamais connu cela ailleurs?

Cet envoi doit précéder de peu la visite de Mario, qu'Odette a soigneusement organisée. Allant, venant d'une pièce à l'autre, elle donne des ordres à Slimane concernant le petit déjeuner qui sera pris, tout à l'heure, sur la véranda. Elle lui recommande de disposer les trois fauteuils d'osier autour de la table basse, de recouvrir celle-ci de la nappe en organdi. Elle distribue ensuite les fleurs dans une demi-douzaine de vases, frappe à la porte de sa nièce:

— Fais-toi belle, Kalya! Je m'occupe du reste.

Elle ajoute plus bas:

— C'est un homme riche. On l'estime à… je ne sais plus combien, mais ça fait beaucoup, beaucoup d'argent.

Cette manie qu'ont ceux d'ici d'évaluer les gens à leur compte en banque!…

On ne pourra plus arracher Odette à son plaisir. Elle va transformer une amourette en un roman à épisodes, en une affaire à réussir, et organiser toute une mise en scène autour de deux acteurs qui ne se sont pas vus depuis quarante ans. Persuadée que, de nos jours, une enfant de douze ans peut être mise au courant de tout, Odette a fait de Sybil sa confidente.

— Il faut les laisser seuls. Ne quitte pas ta chambre avant que je vienne t'appeler.


Kalya jette un rapide coup d'œil au miroir. S'éloigne, puis revient à son visage qu'elle se contente, chaque matin, d'entrevoir.

L'âge a laissé ses empreintes. Son travail de sape a engorgé les veinules, flétri le tissu, amolli les contours, alourdi les paupières, cerné le regard. Comment réagir devant ce constat? N'est-elle pas, par moments, inacceptable, la vie qui malmène de cette manière ? Cette vie qui s'achève par un départ prématuré ou qui s'étire en de lentes moisissures ?

L'existence pourrait se juger ainsi. Kalya la perçoit autrement. En dépit des années, quelque chose retient sa part d'adolescence. Le frémissement de la jeunesse, ses élans glissent, peu à peu, du corps à l'âme et s'y maintiennent.

Photographe, Kalya ne s'est jamais lassée de cet art, ni d'un amour qui résistait aux saisons. Elle a vécu des amitiés, des instants fertiles. L'ombre n'a jamais bloqué trop longtemps l'horizon. La vie l'aimait, et se faisait aimer en retour.

Le visage d'Odette, abondamment poudré, se glisse dans l'entrebâillement de la porte :

— Tu es prête ? Il sera bientôt ici, ton amoureux !

# XV

*Juillet-août 1932*

Ce soir-là, la musique m'avait happée.

Je m'étais envolée de ma chaise, où rien ni personne ne m'aurait retenue! Je pouvais compter sur l'indulgence de Nouza et sur le caractère fantasque de Farid dont les extravagances transperçaient fréquemment le terrain des respectabilités.

Je dansais, seule, au milieu des couples. Leur premier étonnement passé, ceux-ci s'étaient habitués à mes mouvements.

La musique se développa en un rythme plus lent. Avec sa cavalière qu'il serrait de près, Mario croisa plusieurs fois mon chemin. La jeune femme portait une robe maussade, beige à col blanc, un chignon haut perché. Elle résistait et cédait à la fois à l'insistante pression du danseur. Son visage insignifiant se colorait dès que celui-ci tentait d'accoler sa joue contre la sienne.

Mario portait un costume moins convenu que celui des autres jeunes gens : un blazer vert bouteille sur un pantalon de flanelle blanc, sa cravate avait des rayures rouges et vertes. Ses cheveux noir corbeau étaient ondulés. Ses pommettes hautes, ses yeux légèrement tirés lui donnaient un air asiatique. Je ne me souviens plus de la forme de son nez. Mais je revois sa bouche, des lèvres fortement colorées. Il avait le regard narquois.

Il s'arrêta au milieu de la danse, quitta brusquement sa partenaire et se dirigea vers moi. Il me saisit le poignet, le maintint avec force dans sa paume. Il s'en dégageait une chaleur électrique.

— Dommage que tu sois si jeune, Kalya. Dommage! Mais je te retrouverai. Je te retrouverai, c'est promis.

Sourire, regard, musique, paroles. Surtout les paroles! Quelques mots, quelques secondes avaient suffi. J'étais tombée amoureuse.

Personne n'avait remarqué ce bref interlude ; sauf sa partenaire au chignon. À moins qu'Odette ne s'en soit, également, aperçue? Elle évoluait non loin, au bras d'un sexagénaire que Farid lui avait choisi. Ce dernier, trop pénétré par le souvenir de ses flamboyantes performances à Monte-Carlo, refusait de se commettre dans un banal tour de piste avec la compagne de ses jours.

L'après-midi, ma grand-mère me confiait à Anaïs, puis elle partait s'enfermer dans la salle de jeux. Chacun souhaitait l'inviter à sa table. Baccara, bridge, poker, rami, elle passait avec dextérité d'un jeu de cartes à l'autre. Nouza avait la main, elle avait l'œil ; elle perdait et gagnait avec la même gaieté.

Pour retrouver Henri, le long jeune homme timide, Anaïs m'abandonnait et me fixait rendez-vous, au bout de deux heures, au pied de l'ascenseur.

Je les ai aperçus une première fois, au fond du jardin de l'hôtel, sortant d'une cabane en tôle. Ils jetaient autour d'eux des regards inquiets. Une seconde fois, remontant dans ma chambre avant l'heure dite, je trouvai, en tas sur le seuil, les chaussures en toile d'Anaïs, ses bas de coton blancs, sa robe imprimée de fleurettes orange.

Sur la pointe des pieds, avant qu'ils ne se doutent de ma présence, je rebroussai chemin.


Je n'ai revu Mario qu'à deux reprises. Il déambulait souvent dans la rue centrale du village parmi des garçons et des filles dont il était, à vingt-deux ans, le plus âgé. Parfois le groupe pénétrait dans la maison de l'un d'entre eux, dont les parents, descendus en ville, étaient momentanément absents. Ils fumaient à loisir, buvaient modérément, ébauchaient des flirts qui se bornaient à des baisers, à des effleurements.

Ils m'appelaient pour que je me joigne à eux. À cause de mon âge, ils se désintéressaient très vite de ma compagnie.

Je les quittais pour m'isoler encore plus dans un coin de jardin du Grand Hôtel. Devant une des tables les plus éloignées – verte, ronde, fraîchement repeinte –, assise tout au bord de la chaise en rotin, je m'amusais, songeuse, à rayer le gravier avec mes semelles, dans l'espoir insensé de découvrir un billet d'amour entre les cailloux. Au bout d'un moment, un serveur m'apportait un verre de limonade. La boisson gazeuse devenait de plus en plus fade et tiédasse à mesure que le temps s'écoulait.

C'est alors que je revis Mario. C'était la veille de mon départ.

Il apparut soudain sur le perron ; descendit, seul, les marches avec cette assurance qui ne le quittait pas. Il portait toujours des chaussures à semelles de crêpe qui assouplissaient sa démarche et venait sans hésiter dans ma direction. Il approchait. Il fut enfin tellement près qu'il me prit le verre des mains.

— Tu ne mets pas encore de rouge, je dois deviner la place de tes lèvres sur le verre.

Il y posa les siennes et but, lentement, les yeux mi-clos, m'observant entre ses cils. Mes jambes tremblaient. Il me rendit la coupe.

— Je t'ai laissé le fond. À toi de boire maintenant.

De l'index, il me montrait le léger cerne de vapeur que sa bouche avait laissé sur la paroi.

— Là. Pose ta bouche exactement là. Et bois.

Je bus, mon regard dans le sien. L'écœurante et tiède mixture me parut la plus magique des boissons.

Débouchant de la porte à tambour de l'hôtel, le groupe venait d'envahir le perron. Filles et garçons formaient une gerbe de couleurs. Exubérants, de belle humeur, ils cherchaient Mario des yeux.

La fille au chignon avait dénoué sa chevelure, qui tombait en larges vagues mordorées sur ses épaules. Elle avait abandonné sa morne robe beige pour un chemisier rouge et une jupe plissée d'un blanc éclatant. Elle appela d'une voix claironnante et sûre :

— Mario ! Tu viens ?

Celui-ci se retourna dès le premier appel et lui fit signe de la main. Il n'avait aucune intention de s'attarder auprès de moi, il lança :

— Je viens tout de suite !

Mais, de nouveau, avant de partir, détachant chaque syllabe, il murmura dans un souffle :

— Un jour, promis, je te retrouverai.

# XVI

*Juillet-août 1975*

Il était neuf heures précises. Mario sonna à la porte et franchit le seuil de l'appartement d'Odette. Tant d'années avaient passé. «Je te retrouverai» lui parut risible, dérisoire. Comment ajusterait-il l'image de la petite fille au regard impétueux, à celle d'une femme qui avait dépassé la cinquantaine?

Ce qui le troublait encore plus était la scène que venait de lui faire son fils à propos de Myriam. Étudiant en droit, Georges était un élève aussi brillant que l'avait été son père; il avait la même assurance doublée d'un caractère plus intransigeant, plus batailleur.

Georges n'approuvait aucun des comportements de sa sœur. À son avis, celle-ci se mêlait de ce qui ne regardait pas les femmes; elle devenait de plus en plus secrète et mystérieuse. Elle n'était même pas rentrée la dernière nuit.

Des siècles de pères, de frères, d'époux, gardiens de l'honneur, avaient toujours encerclé, protégé mères, sœurs, femmes et filles. Chez Georges, ces tendances étaient innées, il ne voulait même pas qu'on en discutât. Sous la poussée des idées nouvelles, en ville surtout, les coutumes changeaient; mais ces racines, nourries aux mêmes sèves, se raccrochaient, imposant par à-coups des conduites aussi violentes que surannées.

Mario essayait de tempérer son fils.

— Myriam a sans doute passé la nuit chez Ammal.

— C'est tout ce que tu trouves à dire? Crois-tu que la famille d'Ammal, musulmane et croyante, n'est pas, elle aussi, choquée de ces libertés?

— Ce sont des amies d'enfance.

— Elles se montent la tête toutes les deux.

*       *

*

Livrés aux rayons matinaux qui transpercent le store bleu roi de la véranda, Kalya et Mario osent à peine s'observer. Leurs formes de jadis font écran à celles de maintenant.

Odette s'agite, emplit les tasses de café, beurre les tartines, crible l'air de ses paroles. Digne, silencieux, Slimane se tient en retrait.

Le mariage de Mario avec une héritière dévote, ses innombrables succès féminins, son récent veuvage qui l'avait, curieusement, désorienté, Odette aurait dû en parler à Kalya.

Angèle, son épouse, lui avait toujours évité soucis matériels, problèmes familiaux. Elle poussait le dévouement jusqu'à héberger son irascible belle-mère, la signora Laurentina, qui avait vécu jusqu'à sa mort auprès d'eux. Italienne, émigrée au Liban depuis sa tendre enfance, celle-ci s'était mariée à un jeune homme du pays. Toute sa vie, elle s'était targuée d'être «du Nord et de souche milanaise», contrée où une population laborieuse et active savait ce qu'était le travail.

— Pas comme ces fainéants du Sud, qu'ils soient de l'extrémité de la Botte ou de ces rivages-ci!

Elle jetait souvent des regards chagrins en direction de son époux, un coiffeur pour hommes qui dilapidait ses maigres ressources au tric-trac, aux cartes et à la loterie.

Persuadée que l'air vif de sa Lombardie contrebalançait, dans le sang de Mario, les moiteurs des rives méditerranéennes, la réussite de son fils la comblait. Ses études brillantes lui avaient permis de gravir l'échelle sociale ; d'abandonner le milieu modeste de son père pour ne fréquenter que ceux que l'argent et la naissance favorisaient.

Depuis qu'Angèle l'avait quitté, Mario – persuadé que seuls les liens familiaux résistaient aux épreuves – butait contre le mur qui s'élevait entre Myriam et Georges. Jusque-là son épouse était parvenue à le lui dissimuler. Les heurts traversés par le pays, par les régions avoisinantes, secouaient les deux adolescents, redoublant leur opposition. Leur père en fut ébranlé.

Du jour au lendemain, il renonça à ses conquêtes féminines, à cette habileté avec laquelle il naviguait d'une aventure à l'autre, ou en menait plusieurs à la fois. Il adopta une règle de conduite irréprochable qui l'autorisait dorénavant, pensait-il, à prôner les bons principes et l'entente familiale.

*   *

*

Kalya paraissait «de passage». De passage, comme en ce lointain après-midi, dans le jardin du Grand Hôtel, son verre de limonade à la main.

De passage, et à l'aise dans cet état migrateur, comme si elle pensait que l'existence elle-même n'était que cela : un bref passage entre deux obscurités. Comme si dans la maison de la chair si périssable, dans celle de l'esprit si mobile, dans celle du langage en métamorphoses, elle reconnaissait ses seules et véritables habitations. Malgré leur précarité, elle s'y sentait plus vivante, moins aliénée, qu'en ces demeures de pierre, qu'en ces lieux hérités, transmis, souvent si agrippés au passé et à leurs mottes de terre qu'ils en oublient l'espace autour.

— Eh bien, nous voilà !

Larguant d'un coup les personnages que les années leur ont fabriqués, Mario et Kalya viennent de prononcer les mêmes mots et d'éclater du même rire. Maintenant, ils peuvent tranquillement se dévisager.

— Qu'est-ce qui vous arrive ?

Odette prend un air boudeur. Ces deux-là lui arrachent une intrigue qu'elle a soigneusement mise en route. Ils la frustrent d'une romance qui aurait alimenté ses futurs commérages.

Oubliant les recommandations de sa tante, Sybil apparaît dans son pyjama fleuri, Assuérus entre les mains.

Le charme se rompt de partout. Résignée, Odette offre un tabouret à l'enfant et lui beurre une tartine.

— Tu veux de la confiture de dattes ? C'est une spécialité.

Sybil fait oui. Elle salue Mario par son prénom et s'installe sur les genoux de sa grand-mère.

— C'est la fille de Sam, mon fils.

— J'aimerais te présenter mes enfants. Surtout Myriam...

— Pourquoi «surtout Myriam» ? interrompt Odette. C'est pourtant Georges qui te donne le plus de satisfaction !

*Kalya avance comme si elle marchait depuis toujours. Elle avance, pas à pas, depuis des éternités, au fond d'un immense vide. Elle n'avance que depuis quelques secondes, dans un air criblé de paroles et de halètements. Une marche immémoriale et si brève cependant.*

*Dans sa tête, tout se bouscule. Qui de Myriam ou d'Ammal perd tout ce sang ? Laquelle se soulève, laquelle est blessée ? Parviendra-t-elle à les rejoindre ? Elle ne le sait pas encore.*

*Cette Place, cette zone limitée et précise, se dilate, s'amplifie, se gonfle de tous les vents mauvais. Le bruit inlassable des armes, le martèlement de pas hostiles l'encerclent ; puis viennent mourir sur les rebords du trottoir. Rien n'est encore dit. Les colères peuvent encore s'éteindre. Le jour peut encore s'éclairer.*

*Des paroles d'agonie reviennent sur les lèvres. Des corps douloureux, venus de tous les siècles, de tous les coins de la terre, surgissent autour d'elle. Vagues courtes et continues, cortège d'espoir qui se brise contre un mur de ciment. Les hommes convoitent la mort.*

*Kalya ne cesse de marcher, se raccrochant à chaque lueur pour tromper l'angoisse, pour franchir cette dernière distance. Il faut qu'elle se hâte. En même temps, il ne le faut pas ; l'embusqué risquerait alors de s'affoler, de tirer encore.*

*Elle surveille l'encoignure d'une porte, le coin d'une fenêtre. Son regard revient vers cet amas d'étoffes jaunes, empilées sur la nappe rougeâtre ; vers ces deux jeunes femmes dont elle partage pensées et sensations.*

*Kalya n'a plus peur, même si un cri la traverse par moments, comme un couteau enfoncé dans le ventre. Elle arrivera jusqu'au bout. Elle y arrivera. Il y a tant de force en chaque créature humaine. Tant de force en elle.*

*Ombres et lumières se tiennent. Le malheur se greffe à l'espérance, l'espérance au malheur.*

*Faudrait-il frapper aux portes pour que les habitants viennent à leur secours ? À l'arrière, dans les ruelles avoisinantes, les nouvelles se propagent rapidement.*

*Odette quitte la fenêtre, court vers le téléphone pour alerter la police.*

*— Ne bouge pas, Slimane, surveille ce qui se passe. Je reviens.*

Du Nil bleu au Nil vert, puis de maître en maître, remontant de la Haute à la Basse-Égypte, Slimane a commencé son périple depuis l'âge de huit ans. Ses joues balafrées portent la marque de sa tribu. Il y a cinquante ans, il avait abouti un beau matin chez Farid et ne l'avait plus quitté. Selon son humeur, celui-ci l'appelait tantôt « mon fils », tantôt « âne bâté ».

Ils ont vieilli ensemble, presque quotidiennement, entre le gris et les joies d'une longue vie, émigrant une dernière fois, il y a quelques années, du Caire à Beyrouth. Le Soudanais regarde toujours vers l'horizon, où les lieux se confondent et se rejoignent sur une ligne tranquille, immuable. Sa peau noire a le poli des galets. Ses yeux, la fraîcheur de l'ombre. Depuis la mort de Farid, Odette et ses possessions représentent son seul univers. Aucun grincement ne l'habite. Tout glisse avec un bruit d'ailes dans son cœur indulgent.

Slimane regarde par la fenêtre. Les battements de son sang restent calmes, mais une inquiétude indécise s'accroche comme un nuage.

Il reconnaît Kalya. Son regard, embué par l'âge, ne distingue pas les deux jeunes femmes dans cette masse colorée au centre de la Place. Il se demande où est l'enfant. Il ne parvient pas, même en se penchant, à l'apercevoir dans l'encadrement de la porte.

Kalya serre le pistolet dans sa paume. Cette arme qu'elle a refusée il y a trois jours quand Georges insistait pour qu'elle la gardât, et qu'il a, malgré son refus, déposée dans la commode de l'entrée. Tout à l'heure, elle n'a pas hésité à s'en saisir. À présent, elle la tient braquée devant elle. S'en servira-t-elle ? Saura-t-elle s'en servir ?

Elle jette sans arrêt des regards autour d'elle, cherchant à voir, à prévoir. Tenant en joue la haine, masquée, obscure, venue on ne sait d'où, elle avance. Il faut qu'Ammal et Myriam vivent. Elle veut vivre, elle aussi. Le visage de Sybil la traverse, lui sourit. Elle n'a jamais rien connu de plus clair, de plus vivant que ce visage. Elle s'en souvient avec délices.

Le spectacle de cette Place volant en charpie ; de cette cité vomissant de ses entrailles ses machines de mort ; celui d'hommes, de femmes, d'enfants pris sous le grain de tempêtes meurtrières et de rafales insensées, n'est même pas imaginable. Pas encore.

Le cœur de Kalya bat vite, fort, comme celui de cette ville que l'angoisse harcèle, puis abandonne. La femme entre, comme en rêve, dans ce chemin qui s'allonge…

## XVII

*Juillet-août 1975*

La sonnerie retentit. Slimane se dirigea vers l'entrée. Emportant sa tortue, Sybil lui emboîta le pas, le devança, ouvrit la porte.

Surprise, la jeune femme crut s'être trompée d'étage. Elle était vêtue d'un blue-jeans et d'un chemisier rose; sa chevelure noire, touffue, ombrait un visage énergique aux traits fins.

L'enfant l'embrassa sur les deux joues, se présenta:

— Je m'appelle Sybil. Je suis arrivée hier avec ma grand-mère Kalya.

— Est-ce que mon père...?

— Tu veux dire Mario?

— Oui.

La fillette cria en direction de la véranda:

— C'est Myriam!

— Tu connais mon nom?

L'enfant la débarrassa du sac rouge et mou qu'elle portait en bandoulière et poussa Myriam devant elle en jouant. Celle-ci gardait les sourcils légèrement froncés, une expression grave dont elle ne parvenait plus à se défaire.

Le soleil ne donnait pas son plein. La matinée était encore tiède, douce; les fauteuils d'osier, la table servie, la présence discrète et prévenante de Slimane, le visage avenant de cette étrangère, l'accueil remuant d'Odette lui donnaient envie d'être gaie, d'oublier la dureté du monde extérieur. Elle se pencha au-dessus de son père, l'encercla de ses bras.

— J'ai appris par Georges que tu t'inquiétais, je suis venue te rassurer. Chez nous, Kalya, même majeure on doit rendre des comptes à la famille, au père, au frère. Surtout au frère!

Elle parvint à en rire, glissa sa main dans les cheveux de Mario.

— Si, si, ne proteste pas, et pose-les, tes questions.

— Tu étais chez Ammal?

— Où voulais-tu que je sois?

— Les examens terminés, qu'est-ce que vous avez encore à vous dire?

— De plus en plus de choses.

— Vous complotez, ou quoi?

Il lança ces mots en badinant et chercha tout de suite à les reprendre:

— À vos âges on peut rêver…
Et lui tendant les mains :
— Reste un moment avec nous.


Elle resta. Traversant le store, des rayons bleutés coloraient les visages, traînaient sur le sol et les murs. Elle s'accroupit par terre, reprit son air grave. Regardant de biais Kalya, elle se demandait qui était cette femme dont Mario attendait la venue.

Elle était, lui avait-il confié, une photographe assez connue. Était-ce sérieux ? À quelles sortes de photos s'intéressait-elle ?

— Vous êtes ici en vacances, ou professionnellement ?

— En vacances. Rien qu'en vacances. Tout mon temps est à Sybil.

Ce mot « vacances » plusieurs fois répété parut à Myriam insolite, presque gênant.

— Pourquoi justement ici pour des vacances ?

— J'y pense depuis longtemps, Sybil aussi.

— C'est surtout moi qui voulais venir. L'idée est la mienne, n'est-ce pas, Kalya ?

Myriam continua de dévisager cette femme ; elle lui semblait lointaine et familière à la fois. Son regard attentif s'évadait par moments comme pour mieux absorber un climat étranger.

Kalya était, sans doute, à mille lieues de se douter de ce qui se tramait ici ; inconsciente, mais d'une tout autre manière qu'Odette et son entourage. Ceux-ci, cramponnés à des barques qui prenaient eau de toutes parts, s'obstinaient à s'accrocher aux voiles du souvenir.

— Vous me donnerez vos impressions avant de repartir.

Baie en cinémascope, somptueux hôtels, plages privées, voitures rutilantes, sites archéologiques, luxe et loisirs, plaisirs conjugués de l'Orient et de l'Occident : voilà comment se présente le pays ! Véritable dépliant du rêve. Étaient-ce ces images-là que Kalya ramènerait ? Cartes postales pittoresques, diapos ensoleillées, visions euphoriques ?

Myriam aurait souhaité amorcer une conversation, lui dire : « Pas ça. Ne ramenez pas ça ! Il y a plus, il y a mieux, il y a pire. » Un conglomérat de visages, de coutumes, de croyances, de terres fertiles, de sols arides. Des versants neufs, de vieux rivages. Se partageant le même individu : un profil actuel, l'autre archaïque. Des mondes complexes, enchevêtrés, tout à l'opposé des univers miroitants d'Odette. Elle était sérieusement atteinte leur petite terre, personne ne se l'avouait. Toujours étincelante sous le baume de la prospérité, elle dissimulait ses fièvres, ses crises, ses pesanteurs. Les contrastes faisaient partie de sa magie. Étrangers et touristes la jugeaient généreuse et rapace à la fois ; aimaient sa joie de vivre, s'offusquaient de son étalage de richesses ; s'extasiaient de ses qualités de cœur et d'accueil, se gaussaient de ses fanfaronnades. Ils admiraient ses cultures, blâmaient son goût exorbitant de l'argent, s'étonnaient de son amalgame de sectarismes et de libertés, d'affabilités et de fureurs subites. Petite terre devenue le lieu d'un trafic d'armes intensif ; marchands venus des quatre coins du globe suscitant des vocations sur place ; tout ici se négociait. Armements récupérés sur les champs de bataille voisins, revolvers d'une brève guerre civile remplacés par des engins plus modernes, attirail sophistiqué réclamant la présence de techniciens, d'instructeurs.

Pourrait-elle expliquer certaines choses à Kalya, pour qu'elle ne reparte pas aussi légèrement qu'elle était venue ? Pour qu'elle ne ramène pas de fausses idées, de fausses photos ?

Il fallait être muré dans son propre territoire, comme l'étaient Odette et bien d'autres, pour ne rien voir, ne rien pressentir. Mais Myriam se tut, elle en avait pris l'habitude. Pour s'adresser à Kalya dont les yeux, par instants, semblaient l'interroger, ce n'était ni le lieu ni le moment.

Assise auprès de la fillette qui tapotait tendrement la tête ridée de la tortue, Myriam caressa les cheveux étincelants. Lisse et flottante chevelure se déplaçant à chaque mouvement ; d'un blond ardent, comme on n'en voit qu'au cinéma. Si différente de la sienne, épaisse, sombre, retenue par une trame serrée.

Qu'y avait-il de commun entre son monde et celui de Sybil ? Privilégiées toutes les deux, mais de façon si différente. Modernisme et simplicité chez la première. Modernisme plus fragmenté chez Myriam, aisance plus clinquante.

Dans l'univers de l'enfant, les problèmes vitaux étaient résolus ou bien écartés. Ici ils éclataient en surface ; se faisaient de plus en plus urgents, de plus en plus aigus.

# XVIII

Entourée d'une baguette de bois blanc, la petite photo de mon grand-père Nicolas, placée au bas de l'icône, risquait de passer inaperçue. Cette réduction, cette modicité dans le choix du cadre ne concordaient guère avec les goûts de Nouza ; elle les avait pourtant choisies pour satisfaire au désir de simplicité de son défunt époux.

Mon grand-père est mort de pneumonie quand j'avais sept ans. Je l'aimais et l'admirais pour de multiples raisons.

Sa chambre, à l'écart de la vaste maisonnée, se découvrait au fond d'un sombre couloir. Elle était contiguë à l'escalier qui plongeait vers les cuisines.

Mon grand-père était gourmand. Il descendait plusieurs fois par jour les quelques marches qui le conduisaient chez Constantin. Le cuisinier l'accueillait chaque fois avec le même plaisir. Il lui offrait la primeur d'une entrée ou d'un dessert ; ou bien un de ces pains, ronds, plats et tièdes, qu'il bourrait d'olives noires et de fromage de chèvre, sur lesquels il versait un filet d'huile qu'il parsemait de quelques feuilles de menthe. Nicolas préférait ces incartades aux repas réguliers. Malgré cela, il ne changea jamais d'aspect et garda jusqu'au bout une corpulence moyenne, un estomac à peine bombé. Il préférait sauter déjeuners et dîners plutôt que de se priver de ces incursions, à la fois amicales et gourmandes, dans la cuisine. Il y prenait du bon temps, assis à la même table que Constantin dont la compagnie lui était plus agréable que celle des convives de Nouza.

*       *
*

Une fois, il m'invita dans sa chambre. Je le revois, appuyé au battant grand ouvert :

— Entre, petite Kalya.

Je pénétrai dans un périmètre d'éclatante blancheur, si différent de l'antre obscur du cousin Mitry. Rideaux en lin naturel, murs badigeonnés à la chaux, lit de camp recouvert d'un tissu de coton en nids-d'abeilles. Table, chaise, armoire recouvertes d'une peinture blanche et laquée. Beaucoup de vide autour.

Claire, ensoleillée était aussi l'apparence de mon grand-père :

moustache grisonnante, cheveux argentés qui moussent sur les tempes, yeux d'un bleu transparent. Il porta toujours le même pantalon bistre blanchi par les lavages, une chemise crayeuse à col ouvert.

Enfant d'émigré, Nicolas avait introduit, avec quelques autres, l'élevage du ver à soie en Égypte, sa patrie d'adoption. Doué pour les finances et le négoce – bien que sans instruction – mon grand-père pensait qu'il était de son devoir de faire fructifier ses talents. « S'enrichir » demeurait pour lui un jeu de l'esprit, un exercice de l'intelligence et de la volonté. L'effort, la performance le séduisaient. Il en repoussait cependant, pour son propre compte, les résultats matériels. Embarrassé dès qu'il se trouvait dans un décor opulent, raffiné, tel qu'était devenu celui de Nouza, il avait choisi, pour ne pas la gêner, de vivre à l'écart.

Progressant d'une entreprise à l'autre, Nicolas avait fait fortune. Il se trouva rapidement à la tête de trois immeubles en ville et de plusieurs hectares de terrains agricoles qu'il louait à des paysans.

En dépit de cette prospérité, mon grand-père gardait des goûts de pauvre. Il n'aimait fréquenter que les plus démunis. L'argent, la réussite restaient des notions abstraites qui ne se traduisaient, concrètement, qu'à travers le bien-être qu'il pouvait dispenser aux siens.

Ses largesses s'étendaient aux membres désargentés de sa famille. Foutine, la mère de Nouza, dont le mari gouverneur était mort ruiné, le cousin Mitry firent toujours partie de la maison. Sans compter de nombreux collatéraux qui ne le sollicitèrent jamais en vain. Pour d'autres misères, dont le pays était fertile, Nicolas gardait une caisse secrète où il puisait abondamment.

Quant à Nouza, son épouse, de plusieurs années sa cadette, sa beauté qui l'éblouissait et l'intimidait à la fois méritait à ses yeux le plus beau des écrins. Il se plaisait à lui offrir maison, jardin, nombreux personnel, chauffeur et voiture, bijoux et toilettes. Il lui payait les voyages de son choix, y prenait rarement part.

Nicolas louait à l'année, pour son épouse, une loge à l'Opéra, tandis qu'il se contentait d'écouter les grands airs d'*Aïda*, de *La Tosca*, de *Manon Lescaut* sur son gramophone à cornet. Il réservait deux places permanentes dans une des tribunes du champ de courses, heureux qu'elle pût s'y rendre, élégante, parée, accompagnée le plus souvent par son frère Farid, friand, comme sa sœur, de mondanités.

Lorsque ses petits-enfants venaient en visite, mon grand-père «montait aux salons». Après le repas, il se mettait à quatre pattes devant le canapé en velours rouge, proposait aux garçons de monter sur son dos et faisait le tour des pièces en feignant d'avoir des obstacles à franchir. Les petits perdaient souvent l'équilibre, roulaient à terre. Mon grand-père leur apprenait à ravaler leurs larmes, à transformer chaque chute en joyeuse plaisanterie. Persuadé que les filles – de race plus pleurnicharde – ne sauraient réagir aussi sainement, il ne leur offrait jamais cette monture.

Un jour, je le pris en traître. Je sautai sur son dos, m'agrippai à ses épaules :

— En avant, grand-papa !

Il ne résista pas. J'eus droit à la longue promenade entrecoupée de bonds. Je fis exprès de me laisser tomber à l'endroit des dalles pour lui montrer de quoi j'étais capable.

Le choc fut plus violent que je ne l'avais prévu. Nouza s'affolait et accourait pour me relever. Mes grimaces se transformèrent en sourire, en rire éclatant. J'étais debout. Mon grand-père me tendit la main.

— Tu aurais mérité de t'appeler Kalil ! Pas Kalya.

Munie de ce compliment suprême, je filai rapidement vers les toilettes pour asperger d'eau mon front douloureux et mes genoux écorchés.

À partir de là, il me voua une attention assidue, jusqu'à m'inviter à plusieurs reprises dans sa chambre.


Il mourut trop tôt. Avant que les questions que j'aurais aimé lui poser n'aient mûri. Des questions qui étaient sans doute les siennes, mais qu'il ne voulait pas imposer à Nouza, de peur d'alourdir une existence insouciante et, somme toute, harmonieuse.

*　*
*

À l'occasion de la «Fête des morts», Nouza m'entraînait parfois sur la tombe de mon grand-père. Ce cimetière, avec d'autres appartenant à diverses communautés chrétiennes, se situait dans la banlieue du Caire. Ils avoisinaient les quartiers populeux.

Emportant une large gerbe de glaïeuls rouges, Nouza avance, entre les tombes, dans l'allée des eucalyptus, s'arrête sous les feuillages pour en respirer les senteurs.

— Fais comme moi, Kalya, ça nettoie les poumons.

Je la suis, en titubant, un imposant pot de chrysanthèmes roussâtres dans les bras. Leurs corolles compactes me bouchent, en partie, la vue.

Transportant une cargaison de lys – qui symbolisent aux yeux de ma grand-mère le caractère intègre du défunt –, Omar, le chauffeur, nous suit.

Musulman, il n'est pas indifférent à ces rites ; il n'a jamais connu mon grand-père mais il a le respect des morts. Comme d'autres coreligionnaires, il porte une affection soutenue à la sainte de Lisieux, à cette petite Thérèse, chargée de roses, dont l'église se trouve à quelques kilomètres de la capitale. À l'occasion de la guérison de sa mère, Omar a fixé un ex-voto, parmi des centaines d'autres, au pied de sa statue.

Devant le mausolée familial, Nouza défait prestement les ficelles, déchire l'emballage, jonche les dalles de fleurs écarlates et liliales. Je place le pot de rigides chrysanthèmes en retrait. Le soleil est à son zénith, d'ici quelques heures ces plantes se faneront. Qu'importe ! Ce qui compte, c'est le geste, la profusion, et même le gâchis. L'hommage rendu en est d'autant plus précieux.

Entouré d'une marmaille rieuse et en loques, talonné par sa femme, enceinte pour la onzième fois, Elias, le gardien des sépultures, apparaît. Les paupières lourdes, traînant derrière lui son tuyau d'arrosage percé à plusieurs endroits, il se dirige vers Nouza.

Tout de suite il prend les devants. Le nettoiement du caveau a été négligé, il le sait. Il en débite les causes : deuils et maladies, vents du désert, chasse aux voleurs. Il jure ensuite de balayer, de chasser toutes les poussières à grands jets d'eau :

— Reviens dans trois jours, dans deux jours. Reviens demain ! Tu verras.

La dorure des épitaphes scintillera, le jaspé des marbres reparaîtra, festons et guirlandes de pierre resurgiront. Promis, juré ! Il voudrait prendre ses enfants à témoin, mais ceux-ci se sont déjà dispersés parmi les tombes et jouent avec une balle en caoutchouc à moitié pelée. Il les rappelle en secouant les bras. Connaissant par cœur son discours, ils répondent, en écho, par des hurlements et des rires :

— Promis, juré ! Juré, promis !

Les deux mains plaquées sur son ventre, le regard affaissé, son épouse approuve de la tête en poussant des soupirs.

Après le départ de Nouza – celle-ci ne reviendra pas avant une longue année –, Elias retombera dans sa somnolence, oubliera ses promesses.

Faisant mine de croire à ses serments, ma grand-mère distribue billets et piécettes aux enfants soudain accourus de tous les coins du cimetière. Ils sautillent autour d'elle, les mains tendues. Leurs yeux, les commissures de leurs lèvres sont englués de mouches, leurs vêtements troués laissent paraître des morceaux de cuisse, de ventre, d'épaule.

— Prends mon porte-monnaie, Kalya. Donne-moi tout ce qu'il contient.

Sa légèreté me choque. J'ai honte, je me détourne, je m'éloigne.

— Je ne peux pas.

Mes chaussettes en fil blanc sont trop bien tirées, mes chaussures en vernis rouge à barrette étincellent sous la pellicule de poussière.

Une fillette de mon âge me poursuit. Elle vient de saisir l'extrémité de ma jupe en tussor bleu et me retient. L'air extasié, elle en palpe longuement l'étoffe soyeuse entre le pouce et l'index. Je la regarde, pétrifiée. Je voudrais disparaître sous terre ; ou bien échanger nos robes, l'embrasser, la ramener avec nous.

— Je m'appelle Salma, et toi ?

Elle me traverse de son immense regard ; me sourit avec curiosité et sollicitude.

— Et toi ?

# XIX

*Juillet-août 1975*

La dernière nuit avait été rude. Ammal et Myriam venaient d'apprendre qu'en pleine ville des hommes armés avaient stoppé un autocar, abattu une dizaine de passagers. Le même jour, dans la proche campagne, d'autres avaient découvert les cadavres mutilés de cinq jeunes gens jetés au bas d'un talus.

Qui avait commencé? Quel acte avait précédé l'autre? Déjà les fils s'enchevêtraient. Déjà haines et désirs de vengeance se répondaient.

Assis dans le salon, Georges frappait le sol du pied, ouvrait, refermait la radio, fumait cigarette sur cigarette, attendant le retour de Myriam. Dès que celle-ci avait paru, il s'était levé, lui avait barré le passage.

— C'est à cette heure-ci que tu rentres?

Au lieu de répondre, elle avait demandé des nouvelles de son père.

— Tu as oublié, il est chez Odette. Il nous en aura pourtant parlé de son «rendez-vous d'amour». Encore une de ses vieilles histoires! Mais toi, d'où viens-tu?

La jeune fille avait haussé les épaules, s'était dirigée vers sa chambre. Il l'avait rejointe, puis, attrapant la bandoulière de son sac rouge et lui saisissant le bras, il l'avait ramenée, de force, vers lui:

— Tu vas me répondre?

Myriam était parvenue de nouveau à lui échapper.

— Je n'ai rien à te dire.

Elle avait couru vers la sortie et claqué, derrière elle, la porte de l'appartement. Cette fois, il n'avait pas tenté de la suivre.

Elle s'était adossée quelques instants au mur pour reprendre souffle. Puis elle avait sonné chez Odette.

Georges en voulait à son père de bien des choses, de sa faiblesse envers Myriam, de ce qu'il avait fait endurer à Angèle. Une épouse irréprochable, une mère exemplaire! Pourtant, elle ne l'avait jamais tenu dans ses bras; plus tard, elle ne l'avait jamais embrassé, sauf sur le front en de rares circonstances. Georges en avait-il souffert? Il ne voulait pas y penser.

Déçue, humiliée par Mario, Angèle se gardait de tout autre contact. Son fils ne voulait s'en souvenir que comme d'une femme pieuse, respectable, qui n'aurait jamais cherché à se mettre en avant, ni à ridiculiser les siens.

Une autre image le poursuivait. Il revoyait sa mère assise, les mains croisées. Le soir, elle se tenait tout près de la lampe à l'abat-jour mauve posée sur le guéridon. Mario était toujours absent, Angèle semblait l'attendre indéfiniment, tressaillant au moindre bruit sur le palier. Sous la lumière tamisée, ses joues se striaient de teintes violettes. Ses cheveux clairsemés, taillés à la garçonne avec une frange noire, n'adoucissaient pas ses traits. Ses yeux bruns piquetés de paillettes d'or prenaient l'expression d'une biche aux abois. À ces moments-là, Georges se sentait prêt à se battre pour elle, à la défendre contre ce père qui l'avait fait souffrir.

Dès qu'elle le pouvait, Angèle tirait un rosaire de sa poche et priait. Elle priait pour Georges, pour Myriam, pour l'infidèle Mario, pour les proches, les voisins, les parents éparpillés de par le monde. Elle priait même pour sa belle-mère Laurentina, purgeant sans doute en Purgatoire ses humeurs coléreuses. Elle priait aussi pour son petit pays, plaignant du fond du cœur ceux que les hasards de l'existence avaient fait naître hors de la religion catholique. Elle étendait ensuite ses prières au monde entier, plaçant ses espérances dans une conversion de la planète qui résoudrait tous les problèmes, toutes les infidélités, toutes les guerres et qui devait advenir, selon les Écritures, avant la fin des temps.

Après la mort de son épouse, Mario s'était mis à fréquenter l'église. Comme si la défection de ce précieux intercesseur auprès du ciel – qui, à coups de neuvaines et d'indulgences, le blanchissait de ses péchés – le laissait sans défense et sans garantie face à un avenir irrécusable.

À l'opposé de Georges, l'existence étriquée de sa mère révoltait Myriam. Ses caresses lui avaient manqué, elle ne s'en cachait pas. Dès son enfance, prenant tout à rebours de ce tempérament frigide et dévot, elle se jurait d'être tout autre. Elle l'était naturellement.

Elle choisirait l'homme de sa vie, ils s'aimeraient avec passion. Elle couvrirait ses enfants de baisers.

Jamais elle ne permettrait à Georges d'entraver ses désirs, de contrecarrer ses projets, de changer sa manière de voir. Ni à Mario non plus. Mais celui-ci était plus nuancé, plus maniable. Il se laissait tour à tour influencer par chacun de ses deux enfants.

*   *
*

Dès l'instant qu'ils avaient ri ensemble, Mario abandonna, avec soulagement, son air conquérant. Auprès de Kalya il se sentit soudain à l'aise, débarrassé de ce personnage ambitieux, sûr de lui, qu'il s'était forgé et qui lui devenait de plus en plus pesant.

Il renonça à poser des questions à Myriam sur son absence. Celle-ci bavardait avec Sybil qui n'arrêtait pas de l'interroger. Elle n'avait aucune de ces timidités, aucune de ces gaucheries des petites filles de jadis. Kalya admirait cette aisance, ce visage ouvert, ces mots qui bondissaient. Elle s'émouvait aussi de sa curiosité ; tournée vers Myriam, l'enfant s'informait de tout.

Assuérus grignotait paisiblement sa feuille de salade. Sous le store de la véranda, l'ombre bleutée virait au blanc, annonçant les fortes chaleurs de la matinée.

— Entrons dans le living, nous aurons plus frais, dit Odette.

Slimane avait déjà refermé les volets.


— Tu te souviens, Kalya, de nos maisons d'Égypte ? Des oasis après la canicule et la poussière du dehors.

Entrant dans cette pénombre, Kalya retrouva ce délassement des muscles, cette paix des yeux agressés par les feux du dehors. Elle éprouva de nouveau ce plaisir de la peau qui absorbe le clair-obscur, celui du regard baigné dans une quiétude liquide qui adoucit angles et contours.

Des gouttes de sueur perlaient sur le front de Sybil, à la racine des cheveux où le blond est plus blond encore. La chaleur n'incommodait pas la fillette qui s'adaptait à tout et à chacun. Avec un aplomb tranquille, le regard en éveil, elle s'adressait à l'un, à l'autre, puis revenait vers Myriam, l'interrogeant sur ce pays et ses habitants ; sur elle-même, son âge, son futur métier. Enfin, se campant devant son interlocutrice, les mains à la taille :

— Moi, je serai danseuse !

— Danseuse !

Imaginant l'effet de cette déclaration sur Farid, Odette eut un haut-le-corps. Elle l'entendait d'ici : « Mon arrière-petite-nièce sur les planches ? Jamais ! Tout ça, c'est Folies-Bergère et compagnie ! » Perplexe, elle se tourna vers Kalya.

— Tu as entendu ? « Danseuse ! »

Danseuse ! Kalya sourit à l'enfant, à ce cortège de femmes qui remontent le temps. Sourit à l'aïeule jouant sur sa cithare incrustée de nacre, pour accompagner les balancements de sa fille ; à Foutine, l'arrière-grand-mère, ondoyant sur les dalles blanches et noires du gouvernorat, un mouchoir de mousseline au bout des doigts. À Nouza évoluant avec souplesse dans les bras d'un partenaire ; à elle-même sous la pergola, gambadant sur la table du banquet. Sourit à toutes ces danses.

Sybil confia la tortue à Myriam et s'exécuta sur-le-champ. Une pirouette, un entrechat, un jeté. La nappe claire de ses cheveux planait autour d'elle. Elle termina par une cabriole, suivie d'un grand écart.

— Tu seras danseuse !

Myriam applaudit de toutes ses forces. Elle enviait cette enfant de là-bas ; dans son pays, elle ne rencontrerait pas d'obstacles à ses dons. Souvent elle souhaitait partir loin, vivre ailleurs, n'avoir que sa propre existence à bâtir. Ici, il fallait tenir compte des familles, des coutumes, des religions, des milieux. On était pris au piège, serré dans un étau. Comment s'y soustraire ? Comment surtout rester indifférente à ces remous, à ces craquements qui minaient peu à peu toute la région ? Comment ne pas s'en préoccuper, s'en inquiéter, ne pas chercher à modifier ce qui pouvait l'être encore ? Les troubles récents risquaient de devenir lourds de conséquences. Fallait-il prévenir Kalya ? Lui conseiller de repartir au plus tôt avec l'enfant ? Ou bien, espérant qu'il ne s'agissait là que d'accidents violents mais passagers, fallait-il au contraire leur laisser le temps ? Elles paraissaient si heureuses de lier connaissance ici. Particulièrement sur cette terre-ci.

Avec Ammal, et leurs amis de plus en plus nombreux, il fallait décider d'un plan d'action qui arrêterait tout engrenage.

— Kalya, je vous ferai rencontrer Ammal.

Auprès de l'étrangère, Myriam se sentait en confiance. Elle aurait aimé lui parler, lui confier son désarroi, ses convictions. Ce n'était ni l'endroit ni le moment ; plus tard, l'occasion se présenterait. Cette dernière nuit, la jeune femme n'avait pas fermé l'œil, cela aussi contribuait à tout obscurcir.

Odette venait de passer au cou de Sybil une chaînette portant une pierre bleue et une médaille :

— Le bleu, c'est contre le mauvais œil.

— Le mauvais œil, c'est quoi ?

Odette plissa le front, se lança dans des explications confuses avec des anecdotes à l'appui.

— La médaille aussi te protégera. Je l'ai fait bénir à Lourdes. Regarde, c'est l'Immaculée Conception, tu la reconnais ?

— L'Immaculée quoi ?

— Sam n'a jamais été croyant, s'excusa Kalya.

— Il a baptisé sa fille au moins ? Tu es baptisée, Sybil ?

— Baptisée ? Je crois que oui.

— Mais Jésus… Tu sais qui est Jésus et saint Joseph et la Sainte Vierge ? La Sainte Vierge, tu connais ?

— Tu veux dire Maman Marie ?

— Maman Marie ?

— J'aime beaucoup Jésus, je connais son histoire. Lui et Maman Marie, je les aime beaucoup.

Kalya souriait. L'icône de Nouza, tantôt grondée, tantôt vénérée, émergea du fond de sa mémoire.

Fronçant les sourcils, Odette ajouta sur un ton de reproche :

— Maman Marie, c'est comme ça que tu appelles la Mère de Dieu ?

*  *
*

— Comment t'appelles-tu ?

— Ammal. Et toi ?

— Myriam.

Plantée sur une colline, l'école a de partout vue sur la mer. La cour de récréation s'échappe vers des pentes bordées d'oliviers et de pins. Les deux petites filles les dévalent à la poursuite du ballon. Il rebondit de plus en plus vite sur les cailloux.

— Tiens, je te le donne.

— Garde-le, il est à toi.

Là-haut, leurs camarades les rappellent pour continuer la partie. Elles remontent en se tenant la main. Ammal porte des nattes enrubannées de bleu, Myriam a une tignasse sombre, aux boucles serrées, retenue par des barrettes rouges. Elles courent, se séparent, se rejoignent, se tirent l'une l'autre sur la montée, dessinent des ronds autour des troncs d'arbres. Elles s'essoufflent, rient, s'arrêtent pour respirer et contempler la mer.

— Tu vas souvent à la mer ?

— Quelquefois.

— Je sais nager, et toi ?

— Pas encore.

— Un jour, je partirai.

— Où ça ?

— Là-bas.

Tour à tour, de l'index, elles montrent l'horizon.

Elles ont sept ans, huit ans, dix ans, douze ans. Elles posent et se posent des questions ; ces questions enjouées et graves de l'enfance.

— Ton Dieu a un autre nom que le mien ?

— Il s'appelle Allah, mais c'est le même.

— Tu crois que c'est le même ?

— C'est le même.

— Moi aussi, je le crois.

— On le prie différemment, c'est tout.

Elles ont douze ans, treize ans, seize ans. Elles se passent leurs cahiers, leurs livres, leur peigne, leur miroir ; échangent robes et chandails.

Elles ont dix-sept, dix-huit ans. Elles réfutent certaines coutumes, certaines habitudes. Parfois il suffit d'une chiquenaude pour que les cloisons s'abattent dans leurs cendres ; d'autres fois, ce sont de vieux chênes tenaces dont les racines ne cessent de repousser. Les jours s'additionnent, semaines et mois défilent.

Elles ont dix-neuf ans. Elles sortiront des beaux quartiers. Elles veulent voir, savoir. Elles entreront dans ces banlieues qui s'encastrent au flanc des villes, dans ces villages dispersés dans la montagne aride. Elles parlent à ces enfants qui pataugent dans des flaques de boue, à ces femmes décharnées ou aux chairs épaisses que l'existence déserte, à ces adolescents fiévreux dépourvus d'avenir. Elles vont, viennent ; cherchent à comprendre le sens de l'existence, la signification de tout cela. Elles dévorent livres, journaux, se font des amis.

Elles ont vingt ans. Elles rajustent leurs interrogations, enjambent du même mouvement routines et préjugés ; font un pacte contre tout ce qui sépare et divise.

— Entre nous il n'y aura pas de cassure.

— Jamais.

— Tu ne changeras pas, quoi qu'il arrive ?

— Quoi qu'il arrive !

L'une fait du droit, l'autre est en pharmacie. Leurs familles les souhaitent mariées, établies, pourvues d'enfants, abandonnant des études qu'elles espèrent provisoires.

Différentes de leurs mères, elles sont sveltes, elles ont des seins menus, de longues cuisses, une allure déliée. Elles parlent sans fard de l'amour. Elles le vivent passionnément, difficilement, entre liberté et tabous. Elles fascinent les garçons, en même temps les inquiètent.

Elles se confient peu à ces mères trop passives ou trop remuantes, qui dilapident leur existence oisive entre somnolence et mondanités. Ammal va parfois vers sa grand-mère, silencieuse et voilée. On dirait que l'âge a libéré sa parole. Tendre et souriante, elle a vu glisser un demi-siècle, assisté à la décomposition d'un vieux monde, au bouillonnement d'un autre qui n'a pas encore mûri. Elle encourage sa petite-fille :

— Apprends autant que tu peux. Vis. Moi, je n'ai rien su. Je ne sais même pas si j'ai vécu. Apprenez aussi, toutes les deux, à vous connaître.

Elles se heurtent à leurs pères, à leurs frères, affrontent les «on-dit». L'univers leur parvient par ondes et par échos. Elles vivent un temps mobile, fertile. Vigilantes, elles maintiendront l'ouverture entre les uns et les autres. Ils sont nombreux ceux qui le souhaitent. Pourtant, elles le savent, ceux qui pensent autrement sont nombreux, eux aussi.

— Tout ce que je vous raconterai sur notre jeunesse vous semblera si différent de la vôtre, Kalya.

Elle ajouta avec une pointe d'agacement :

— Si éloigné de votre Paris !

## XX

*Juillet-août 1932*

Paris!... Peut-on aimer une ville comme une personne? C'est pourtant comme cela que je l'ai aimée.

Ma grand-mère venait de quitter la salle de jeux. Dès qu'elle me voyait, elle s'avançait vers moi, le visage radieux, le sourire aux lèvres. Jamais on ne devinait à son expression si elle avait perdu ou gagné. Dans le jardin du Grand Hôtel, elle m'entraîna vers sa table préférée, celle qui longe la haie des lauriers-roses.

— Je m'ennuie de Paris! Tu te rappelles, Kalya, il y a quatre ans nous y étions ensemble. Tu n'avais que huit ans, tu dois à peine t'en souvenir.

Pourtant, je m'en souvenais. À ce seul mot: «Paris», je me sentais libérée, entraînée dans une effervescence du corps et de l'âme.

— Toujours les mêmes têtes, toujours les mêmes mots, toujours les mêmes jeux!... Je m'ennuie, j'étouffe ici.

Ma grand-mère ajouta que, depuis la mort de Nicolas, elle ne pouvait plus se permettre un voyage aussi long, aussi coûteux.

— Cinq jours de paquebot, des trains, des hôtels. Mais j'y retournerai avant de mourir.

— Tu ne vas pas mourir, grand-maman. Tu es encore jeune.

Elle me pinça le menton:

— C'est toi qui dis ça!

Nouza tira de son sac un poudrier en écaille, l'ouvrit, sonda le miroir. Ses cinquante-six années avaient laissé des traces sur la carnation et le modelé du visage. Elle plaqua sa main sur son cou, étira la peau qui s'était affaissée, jeta un second coup d'œil dans la glace.

— Non, non, ça ne servira à rien!

Elle secoua la tête, claqua sa langue plusieurs fois contre son palais pour se moquer de ce geste inutile. M'offrant son sourire, son regard bleu vif, elle se redressa, bougea ses épaules, remua ses jambes, évaluant les muscles de son dos, la vigueur de ses mollets.

— Ça ira encore. Mais je veux revoir Paris avant de trop vieillir.

Nouza ne devait pas «trop vieillir».

Cinq ans plus tard, à la porte de son domicile cairote – au milieu d'une malle-armoire, d'un charivari de valises et d'une boîte à chapeaux qu'Omar le chauffeur avait commencé à ranger dans le coffre de la voiture –, ma grand-mère s'effondra. Foudroyée comme un bel arbre.

On me raconta qu'elle tenait à la main son passeport, son billet marqué « Marseille » et qu'on eut du mal à les lui faire lâcher.

J'étais loin. À Paris, en pension. L'été du Grand Hôtel fut le dernier que nous ayons passé ensemble.

*   *

*

Nouza étendit les bras derrière elle, rompit une branche du laurier, piqua trois fleurs roses dans son corsage, m'offrit le reste :

— C'est vrai, Kalya, tu te rappelles Paris ?

C'était en août. Elle avait loué un appartement du côté d'Auteuil, au fond d'une impasse qui s'appelait « Jouvence ». Pour pouvoir aller et venir à son gré, elle avait engagé une gouvernante qui me promènerait. Celle-ci était une Suissesse, au buste large, aux petits yeux gris, que la grande ville horripilait.

Dès le premier regard, je tombai amoureuse de cette cité.

« Paris, reine du monde ! » chantonnait mon grand-oncle Farid à chacun de ses retours.

Au Caire, la rue m'était presque étrangère ; les transports en commun, du domaine interdit. Entre demeures et jardins je me déplaçais dans un milieu clos. Autour, plus loin, d'autres mondes remuaient, dont je n'avais aucune idée, que je ne connaîtrais sans doute jamais. Pourtant, leurs appels me lancinaient.

Après avoir quitté l'impasse Jouvence, j'entraînais ma gouvernante, malgré ses réticences, dans le métro. Je m'y engouffrais avec ravissement, humant cette odeur particulière qui tient de la pierre moite, souterraine et de la densité des humains.

Devançant mon accompagnatrice, je dévalais les marches, me faufilais dans la foule. À l'intérieur du wagon, je fixais ces visages, innombrables, éphémères, anonymes. À chacun j'inventais une histoire. J'aimais voir défiler les stations ; j'apprenais tous leurs noms par cœur, je reconnaissais les affiches : Dubo Dubon Dubonnet, Bébé Cadum, Pile Wonder, Chocolat Menier, Cirage Éclipse…

Sur la plate-forme extérieure de l'autobus, appuyée au parapet, je laissais soleils ou pluies me balayer la face. Je dévorais des yeux chaque morceau de ville.

Durant nos promenades le long de la Seine ou dans les avenues bordées de vitrines étincelantes, la Suissesse soupirait après ses lacs, ses sentiers de montagne, ses arbres à elle « sortis de terre et non du macadam ». Elle se plaignait du tintamarre, de l'air souillé. Ses dénigrements plaquaient une dalle sur mes élans, mais je m'en débarrassais aussitôt, laissant toutes mes ailes, tous mes souffles m'envahir.

La gouvernante me menait à travers les Tuileries, m'octroyait quelques tours de balançoire, m'aidait à grimper sur un cheval de bois du manège. Elle ne me félicitait jamais d'avoir décroché ces anneaux que je faisais tinter autour de ma baguette. Elle m'arrachait des mains la sucette bariolée de rouge, de jaune, que je venais de gagner, et la jetait au fond d'un panier public.

— C'est plein de microbes ! Jamais je ne vous laisserai manger ça !

Pour me consoler, elle m'achetait un cerceau ou une corde à sauter, que j'avais vite fait d'égarer.


Au bord du grand bassin, je n'y tins plus. Je profitai d'un de ses moments d'inattention pour m'échapper, seule, vers la rue de Rivoli. La gouvernante me courut après, mais je parvins sans mal à la semer.

Libre. J'étais libre ! Je me laissai emporter par mes pas.

Je traverse la cour du Louvre, me mêle aux passants, me retrouve face aux quais, remonte la rue de l'Arbre-Sec, la rue Vauvilliers, la rue du Jour ! Leurs noms chantent encore dans ma tête. Je me retrouve quai de la Mégisserie. En me faufilant entre les voitures et un car de touristes, je traverse et poursuis mon chemin jusqu'au pont des Arts.

Reprenant souffle, je m'accoude à la rambarde et contemple, à n'en plus finir. Images d'eau, de ciel, mobilité du fleuve, des nuages, des péniches, glissant sous les arcades : je voyage. Immobilité des édifices, leurs dômes, leurs colonnes, leur durée : je m'enracine. J'exultais. J'exulte. C'est beau à en pleurer !

Plus tard, des gouttelettes de pluie m'accompagnant tout au long du parcours, j'ai retrouvé, sans me perdre, le chemin de l'appartement.


J'entre, les joues en feu, débordante d'appétits et de fougue, à l'instant où la gouvernante en larmes est en train d'offrir sa démission.

La pâleur de ma grand-mère me surprend, m'effraie. Je réalise la peur que je lui ai faite.

— C'était si beau, grand-maman. Si beau !

C'est tout ce que je trouve à dire. Cela a suffi, car Nouza me prend dans ses bras et renonce à me gronder.

Je débordais de tendresse pour elle, pour Paris, pour la terre entière. Je courus vers la Suissesse, sautai à son cou, lui demandant pardon, jurant de ne plus recommencer.

Elle retira sa démission.

Mais, quelques jours plus tard, rappelée d'urgence auprès de son frère qui venait de subir une opération, elle nous quitta sans regret. Nouza soupçonnait un faux prétexte. Haussant les épaules, elle me prit par la main :

— Les gouvernantes c'est pas pour nous, Kalya. Ni nous pour elles ! On se débrouillera seules, toutes les deux.

*  *
*

Durant une semaine, nous ne fûmes plus que Nouza et moi. Le soir, lorsque ma grand-mère sortait – elle avait des amis, des relations, on recherchait sa compagnie –, la voisine venait, de temps à autre, s'assurer que j'étais bien tranquille.

Les programmes des spectacles s'empilaient sur un pouf de velours. À travers les photos, je fis la connaissance de Joséphine Baker, Mistinguett, Maurice Chevalier, Georges Milton, Damia, Yvonne Printemps, Lucienne Boyer, Pils et Tabet...

Aucun journal ne traînait dans l'appartement. Nouza ne se préoccupait guère des événements du monde. Nicolas avait vainement essayé de l'y intéresser.

Nous étions en 1928. Le pacte de Paris, qui rendait l'Amérique solidaire de l'Europe, venait d'être signé. Mussolini martelait ses déclarations hostiles, le menton de plus en plus proéminent. Hitler se profilait derrière Hindenburg, s'organisait dans les ténèbres. Briand cherchait à mettre la guerre hors la loi. La crise économique allait s'abattre sur le monde.

Deux ou trois fois j'ai surpris Nouza au téléphone. Imprudemment elle laissait les portes ouvertes entre nous. Sa voix prenait d'étranges et pathétiques intonations.

Un soir, ce fut déchirant. Ses paroles se hachuraient, reprenaient, entrecoupées de soupirs. Je me retenais pour ne pas voler à son secours. J'entendis :

— Alors c'est fini ?... C'est fini.

Je n'osais pas comprendre.

Elle sortit enfin de sa chambre, le visage bien plus livide que le jour de ma fugue.

*  *
*

Pour rejoindre le navire qui nous ramènerait à Alexandrie, nous avions pris une calèche. Nous étions précédées d'un taxi qui transportait les nombreux bagages de Nouza.

La veille, Farid avait téléphoné de Montecatini, annonçant qu'il embarquerait sur le *Champollion* avec nous.

Dès qu'elle se trouva cachée sous la capote de cuir, Nouza fondit en larmes. Je revois la scène comme si elle se déroulait au fond d'une lagune. Ma grand-mère portait une robe vert jade, des chaussures assorties, un chapeau à voilette turquoise qu'elle soulevait de temps à autre pour se tamponner les yeux avec un mouchoir de même couleur. L'intérieur de la calèche faisait penser à une grotte brunâtre.

— Pourquoi pleures-tu, grand-maman ?
— Paris !... Je ne verrai plus Paris.

Je fondis en larmes à mon tour.

— Moi aussi, j'aime Paris !

Elle entoura mes épaules de ses bras, me serra contre elle. J'avais le sentiment qu'on nous arrachait notre respiration, notre liberté ; et que jamais plus nous ne retrouverions ensemble la cité perdue.

Le *Champollion* était à quai. Main dans la main, les yeux rougis, nous avons escaladé la passerelle qui conduit au grand navire blanc. Mon grand-oncle n'était nulle part. Bientôt on lèverait l'ancre.

Soudain, penchées au-dessus du bastingage, nous le vîmes. Il courait d'un bout à l'autre du débarcadère, cherchant à nous apercevoir. Nous lui fîmes signe. Il hurla dans notre direction, s'empêtrant dans ses mots, expliquant qu'il venait d'être retenu par une affaire urgente, qu'il nous rejoindrait dans une quinzaine de jours. Nouza en conclut que, depuis son coup de fil de la veille, il avait fait une rencontre et qu'il était retombé amoureux.

Pour se faire pardonner, Farid exhiba une moisson de cadeaux qui lui emplissaient les bras.

— Pour toi, ma sœur chérie. Et pour la petite !

Il avait écumé les boutiques, dépensé sans compter ! « Dépenser » était pour lui le plus grisant des plaisirs ; « économiser » représentait la chose au monde la plus haïssable.

La passerelle venait d'être enlevée, Farid chercha désespérément le moyen de nous faire parvenir ses présents.

Découvrant un jeune matelot qui rejoignait le paquebot par la soute, il les lui confia avec un gros billet.

Celui-ci nous remit les paquets, en pleine mer, tandis que Marseille s'effaçait à l'horizon.

*Sur la Place tout est calme, derrière les murs les voix se sont tues. Kalya continue d'avancer seule.*

*Ses vacances avec Sybil à la montagne ont été brusquement écourtées. Ensuite, depuis ce second séjour chez Odette, d'autres troubles ont éclaté, d'autres affrontements ont eu lieu. Certains secteurs de la ville ont plongé pour quelques heures dans l'obscurité. On a parlé de saisies d'armes, entendu les sirènes hurlantes des ambulances.*

*Sur ce chemin qui sépare le porche, où se tient toujours la fillette, jusqu'à l'amas d'étoffes jaunes éclaboussées de sang, les souvenirs assiègent, vacillent, étirent le temps, se mêlent à de terribles images : colonnes de prisonniers, champs de cadavres, cités douloureuses, Londres sous le blitzkrieg, Paris occupé. La terre n'en finira-t-elle jamais d'endurer ces tortures ? Cette ville-ci qui brille encore sur la mer va-t-elle à son tour s'enfoncer dans l'abîme ?*

*Où va ce chemin ? Kalya ne le sait pas. Le temps n'a plus de mesure. Parfois il se serre à l'intérieur d'une main, d'autres fois il se disperse et file avec le vent.*

*La femme va-t-elle soudain s'immobiliser ? Ses lèvres tremblent, sa peau se glace. Un trait de feu traverse son cœur.*

*La vie s'agrippe pourtant, déroule ses crevasses, sa clarté, expire et se ranime.*

*Les jambes avancent, précèdent, entraînent : un pas devant l'autre, un pas, puis un pas, et un pas. Puis un pas…*

*Par moments, Kalya reprend conscience de ce corps ; de la plante des pieds se frottant aux semelles des sandales, du mouvement répété des cuisses, du flottement de la jupe autour des mollets, de la tension du cou. Elle reconnaît et palpe la matière dure, granulée, de la crosse du revolver.*

*Autour, rien ne semble respirer. Même les oiseaux désertent avec leurs battements d'ailes.*

*Kalya avance à l'intérieur d'un cauchemar. Un danger menace, des liens invisibles entravent ses genoux, elle piétine, s'enfonce jusqu'aux chevilles dans une terre bourbeuse. Elle pourrait, elle vou-*

drait être ailleurs. Dans un autre pays, un autre monde, sur un autre chemin. La mort est-elle au bout de celui-ci ?

Nicolas est parti avec le sourire, étendu dans la barque étroite de son lit de camp. Le soleil, qui atteignait son zénith, offrait à sa chambre nue tout l'éclat de sa blancheur. Nouza s'est écroulée au milieu d'un débordement de malles, de valises, de cartons, son billet de voyage à la main. Anaïs s'est pendue au vieil olivier de son village natal ; elle portait la robe à fleurettes orange des jours heureux. Mitry s'est éteint à petit feu comme il a vécu, additionnant mots et savoir. Farid a pris le large dans son lit à baldaquin ; en hôte généreux, il a poussé son cri de bienvenue :

— Entre, la belle ! Tu es ici chez toi, je t'attendais !

Parer la mort de beauté, de féminité, lui rendit son départ triomphant ; il s'en fut rapidement, comme s'il craignait de rater une nouvelle aventure. Slimane, que les humeurs et les excentricités de Farid n'avaient jamais troublé, sanglotait à son chevet. Odette et ses enfants, accourus de divers coins du monde, pleuraient eux aussi.


Kalya tremble pour Sybil et se retourne. Près du portail ouvert, la fillette agite les bras pour la rassurer.

Kalya insiste, refait le geste de la repousser en arrière pour bien lui faire comprendre qu'elle ne doit à aucun prix bouger de sa place. La vue de l'enfant qui secoue les bras et fait quelques pas en arrière, comme si elle devinait l'inquiétude de sa grand-mère, la tranquillise.


Si seulement tout pouvait recommencer. Si le film pouvait se dérouler à l'envers. Myriam et Ammal seraient toujours en marche, avançant dans l'éclat de leurs vêtements.

Là-bas, autour des deux jeunes femmes, la mare de sang ne fait que s'agrandir...

# XXI

*Juillet-août 1975*

Ammal et Myriam venaient de déposer Kalya et la fillette devant le perron du Grand Hôtel de Solar. Puis elles étaient reparties dans la Peugeot blanche.

Sans le bavardage de Sybil et sans l'entrain de Kalya, le retour vers la ville leur parut morne. Une patine sombre couvrait les branches d'arbres. Un ciel, pourtant sans nuages, pesait sur le flanc des montagnes. À chaque tournant, le bleu de la mer prenait des teintes verdâtres. Des insectes s'écrasaient et se démantelaient contre le pare-brise.

— J'ai soif.

Ammal freina. Elles se dirigèrent à pied vers la source tapie entre les roches brûlantes. L'eau leur parut amère ; des deux mains, elles inondèrent leurs cheveux, leurs fronts, leurs cous, leurs aisselles. Puis elles cherchèrent à se réconforter, à se trouver des raisons d'espérer, à se dire que les récentes atrocités seraient les dernières.

Les mots affleuraient mal, se réduisaient en poudre dès la traversée des lèvres. Il ne leur restait que la certitude de leur amitié.

\* \*
\*

En cette fin de juillet 1975, le Grand Hôtel avait changé. Il était presque vide, les estivants qui le fréquentaient jadis partaient en majorité pour l'Europe. Il avait perdu de son prestige ; sa façade se délabrait lentement.

Gabriel, l'ancien directeur de joyeuse corpulence, mort depuis de nombreuses années, avait été remplacé par un Italien, titulaire d'un diplôme d'hôtellerie, aux traits nerveux, au sourire courtois. Il arborait des lunettes noires et une quarantaine avantageuse.

Les tables, les parasols, les chaises du jardin avaient déteint. La haie de lauriers-roses avait doublé de volume. Le saule pleureur aussi. Des parterres de capucines bordaient le gazon. De grandes dalles beiges remplaçaient le gravier.

Sybil rejoignit un groupe d'enfants autour de la balançoire. Ils chahutaient, se lançaient un ballon multicolore, se poursuivaient avec des cris. Un garçon saisit la robe de Sybil et ne lâcha plus sa prise. Elle se débattit, lui échappa, contourna les tables en courant, effleura au passage sa grand-mère.

— Il ne m'aura pas!

Près de la grille, le garçonnet la rattrapa. Elle lutta avec de moins en moins de conviction. Kalya les vit repartir, réconciliés, vers les autres, en se tenant la main.

Sur le siège de la balançoire, debout l'un face à l'autre, ils s'élevèrent ensemble d'une même flexion de genoux. Haut, de plus en plus haut. Leurs visages, couverts de sueur, se touchaient, s'éclairaient. Les cordes étaient tendues à se rompre.

— Tu n'as pas peur?

— Je n'ai jamais peur.

— C'est comment ton nom?

— Sybil.

— Un drôle de nom!

— Et toi?

— Samyr. Avec un y.

— Moi aussi, avec un y!

*   *
*

La chambre que Kalya et Sybil partageaient n'était plus celle de Nouza. Elle avait cependant les mêmes rideaux de cretonne et donnait sur le même bois de pins. Mais la véranda était beaucoup plus étroite.

La fillette tomba à la renverse sur le lit.

— Kalya, j'aime ce pays. Je reviendrai chaque année.

Elle s'endormit tout habillée, le sourire aux lèvres. La lumière qui venait des lampadaires du jardin rendait ses cheveux plus phosphorescents. Kalya recouvrit l'enfant de son manteau, embrassa ses mains.

La nuit entrait peu à peu, amenant ses ombres.

Les paroles alarmantes, échangées à voix basse par Ammal et Myriam dans la voiture, s'infiltraient dans la pièce, tournoyaient en cercle au-dessus du lit de l'enfant.

Du fond du jardin, un ululement strident se fit entendre.

## XXII

*Juillet-août 1932*

— J'exècre les chauves-souris! Parfois elles crient dans la nuit, s'engouffrent dans les chambres, s'accrochent aux cheveux! Si tu éclaires, ferme bien les fenêtres, Kalya, recommande ma grand-mère.

Après une longue promenade en compagnie d'Anaïs, je me suis assoupie, tout habillée, sur le couvre-lit mauve. Dans la véranda, Nouza, Odette et Mitry, assis autour d'une table de bridge, se parlent à mi-voix. Les rideaux de cretonne ont beau être tirés, j'aperçois leurs trois ombres et j'entends le tintement de leurs tasses de café sur les soucoupes.

De temps à autre, Nouza pénètre dans la pièce, se penche sur moi.

— Tu n'as besoin de rien, Kalya? Tu dors?

— Si, si, je dors.

Son rire résonne dans la nuit tiède, elle me saisit la main, couvre ma paume de baisers. Puis elle repart pour rejoindre les autres.


Mon grand-oncle Farid est parti aussi intempestivement qu'il était venu. Depuis son départ, tout a repris un rythme paisible. Odette, sa victime consentante, a le regard moins vague; elle jacasse plus librement sans s'entendre dire à tout bout de champ:

— Ça n'intéresse personne ce que tu racontes là.

Mitry baisse la tête moins souvent, arrose son café de quelques gouttes d'alcool, a des gestes prévenants.

Nouza se vante de ses derniers exploits au poker, tente d'initier Odette au bridge.

— C'est trop compliqué, Nouza. Toi, tu as une tête. Pas moi.

Elle préfère le tric-trac dont elle partage les plaisirs avec le cousin. Celui-ci emporte partout avec lui la boîte aux incrustations de nacre héritée de son père. Il ne se départ jamais de ses gants de coton, même pour manier les pions et les dés.

Faute de parler de sa propre poésie – tenté d'en confier quelques pages à Nicolas, il s'est toujours retenu, de peur de le décevoir –, Mitry cite abondamment les poètes qu'il admire: Shakespeare, Ibn Al Roummi, Hugo:

*Ô nature, il s'agit de faire un arbre énorme*
*Mouvant comme aujourd'hui, puissant comme demain,*
*Figurant par sa feuille et sa taille et sa forme*
*La croissance du genre humain.*
Lamartine, Musset, Al Moutanabbi, Chawqui :

*Là des restes d'autel, ici de grands palais*
*Déposant leur vigueur, ont pris la pourriture.*

Odette s'extasie. Ma grand-mère, impatiente, grille sa huitième cigarette.

Le jour se retire, les heures tombent une à une.

À cause des insectes volants, on retarde le moment d'allumer le réflecteur. Nouza revient dans ma chambre pour vider le cendrier.

Je me redresse, j'allume la lampe de chevet :

— Il est tard ?

Elle sourit. Tard ! Pourquoi tard ? Pour qui ? Ce mot n'a aucun sens. La vie est longue, enveloppante, pourquoi calculer, se presser ? Qu'y a-t-il à rattraper ? Aucune menace ne pèse. La saison sera longue, aucun conflit, aucune guerre ne viendra l'interrompre. La folie des hommes a lieu ailleurs, très loin.

— Une oasis ! répétait Farid. Nous sommes nés dans un Eden ! Au moins, dans nos pays, nous pouvons être certains de mourir de mort naturelle !


Une terrible impatience me saisit. Je voudrais m'en aller, être ailleurs. J'ai beau aimer Nouza ; son oisiveté, son regard sans nuages me déroutent. Je veux grandir, déguerpir, vivre autrement, sentir différemment. Ouvrir les yeux jusqu'à ce qu'ils me brûlent.

L'aboiement plaintif du chien de l'hôtel s'exerce ce soir contre la lune. Quelque chose de défait, de fané dans le visage de ma grand-mère m'attendrit.

Je la force à s'asseoir sur le divan. Je la démaquille. Elle se laisse faire en bâillant.

Je décroche sa chemise de nuit de la penderie. Je reviens vers elle. Je lui ôte ses chaussures, ses bas. Je la déshabille comme un enfant.

# XXIII

*Juillet-août 1975*

En ville, les événements se précipitaient. Des rumeurs, faisant état d'échauffourées suivies de violences, étaient parvenues jusqu'au Grand Hôtel.

Rassurante, Odette affirmait au bout du fil qu'il ne s'agissait que d'actes isolés. Il n'y avait qu'à se tenir tranquille, tout rentrerait dans l'ordre prochainement.

Pourtant, au bout d'une semaine, Mario était monté à Solar pour ramener Sybil et sa grand-mère en ville. Kalya se demandait si ces nouvelles avaient gagné l'étranger. Mais les parents de la fillette, qui voyageaient dans la brousse, étaient hors d'atteinte ; du moins éviteraient-ils ainsi toute angoisse au sujet de l'enfant. Elle serait de retour avant eux.


Sybil se sépara de ses camarades et de Samyr sur le perron de l'hôtel. C'était une fin d'après-midi ; le jardin était presque désert, sauf pour l'unique court de tennis rosâtre où quatre adolescents échangeaient des balles maladroites dans la lumière chancelante.

— Moi aussi, je pars demain, dit Samyr.

Il lui glissa dans la main une boîte d'allumettes dans laquelle il avait enfermé un bout de ficelle en forme d'anneau.

Elle promit de le revoir en ville dans quelques jours. Ils iraient ensemble à la plage.

Mario avait les mains crispées sur le volant de sa voiture. Il expliqua sa venue, il pensait qu'il valait mieux redescendre avant que les routes ne soient coupées.

— C'est déjà arrivé ?

— Pas encore. Mais nous venons d'avoir des ruptures de courant. Cela non plus n'était jamais arrivé.

Durant la descente, le jour s'éteignit brusquement. Les phares déversaient, à chaque tournant, leurs lumières blafardes sur les bas-côtés des falaises soutenues par des murs de pierre. Au fond des vallées, la capitale s'illumina par fragments.

Le regard tendu, Mario parlait en haletant. Il ne pouvait plus dissimuler ses craintes pour le pays, pour ses enfants. Georges militait avec fièvre dans un parti. Myriam et Ammal cherchaient, en utopistes, à rallier toutes les communautés dans un même but.

Chacun, à sa façon, l'inquiétait. Leurs discussions le boulever-saient. Alerté par une expression de mépris sur le visage de son fils, par une colère intempestive chez sa fille, il se demandait comment parer au drame qui pourrait naître de leurs affronte-ments. Ses paroles ne trouvaient pas d'échos, ne faisaient qu'atti-ser leurs disputes.

— C'est la guerre ? demanda Sybil.

Elle en parlait comme d'un film, des images sans réalité. Elle répéta :

— Ce sera la guerre ? La vraie guerre ?

Kalya gardait le silence. Mario cherchait à dissiper le malaise.

— Vous partirez. Sybil, tu termineras tes vacances dans le pays de ta grand-mère.

— Je veux rester. On restera, dis, Kalya ? Au moins quelques jours encore.

Celle-ci posa la main sur le bras de Mario :

— Ce n'est peut-être pas aussi grave ?

Il reprit sans conviction :

— Peut-être pas.


Certaines rues étaient bloquées. Ils contournèrent plusieurs pâtés de maisons avant d'atteindre l'immeuble d'Odette.

Devant la cage d'escalier, ils croisèrent Myriam. Celle-ci était pressée, elle bouscula son père au passage sans le reconnaître. Il la rattrapa, posa les mains sur ses deux épaules :

— Où vas-tu ?

Elle parla avec précipitation de voitures piégées, d'enlève-ments, de vendettas.

— Qui est responsable ?

— On ne sait pas. Personne ne connaît les coupables. Chacun les désigne dans le camp opposé.

Myriam s'approcha de Kalya avec un intérêt qui la surprit.

— Nous allons tenter quelque chose. Si vous êtes encore ici, je vous tiendrai au courant.

Elle se pencha, embrassa Sybil.

— Mais, si vous le pouvez, partez. Dès que possible.

— Je ne veux pas partir, reprit l'enfant.


Le lendemain, tous les départs furent annulés. Des combats sporadiques ayant éclaté autour des pistes d'atterrissage, on avait dû fermer l'aérodrome. Les autorités affirmaient que ces mesures étaient provisoires. La population, elle aussi, en était persuadée.

* *<br>*

Odette les attendait, assise au milieu de ses bibelots. Les vitrines illuminées rendaient les opalines plus chatoyantes, les verreries de couleur plus scintillantes encore.

Le Soudanais, qui dressait la table, fredonnait à voix basse une mélodie de son enfance et les regardait du coin de l'œil.

La fillette s'approcha :
— Qu'est-ce que tu chantes ?
— Je peux te l'apprendre si tu veux.
— Oui, oui.
— Répète après moi :

> *L'eau s'en vient l'eau s'en va*
> *Elle est sèche comme la famine*
> *Et plus tendre que le cœur.*

Sybil chantonna à sa suite.
— Tu apprends très vite !
— Où est ma tortue ?

Slimane lui montra la boîte à chaussures ; il avait veillé à tout, Assuérus ne manquait ni d'eau ni de laitue.

Mario se retira. Dès qu'il fut parti, Odette assiégea sa nièce de questions :
— Comment as-tu trouvé l'hôtel, Kalya ? Et le directeur ? Un drôle de type, non ? Ta chambre, c'était la même ? Et les glaces de l'entrée ? Tu as vu, ils les ont presque toutes enlevées ! Et les marbres de la salle de jeux, par quoi les a-t-on remplacés ? Et le gravier, tu ne trouves pas horribles ces dalles beiges ?

Les incidents de ces derniers jours ne semblaient pas l'avoir affectée.

Les réponses trop concises de Kalya ne la satisfaisaient pas. Celle-ci aurait voulu ajouter qu'elle n'avait jamais aimé le Grand Hôtel, ni son décor en stuc ; qu'elle n'y était revenue qu'à cause de Nouza.

Odette n'en avait pas pour son compte :
— Tu n'as rien à me raconter ?
— C'était trop rapide.

Elle insista, lui demanda son opinion sur le nouveau directeur :
— Pourquoi porte-t-il toujours des lunettes noires ? On dirait

qu'il a quelque chose à cacher. Tu n'en sais rien non plus ? Où est le temps, le beau temps passé ? Où sont Nouza, Farid, Mitry ?

Elle insistait sur chaque nom, comme pour mieux les graver dans son cœur. Elle soupira, évoqua Gabriel, ses talents de cuisinier, son penchant pour les danseuses de cabaret. Puis elle accompagna d'un sourire indulgent le rappel des incartades de Farid :

— Ton oncle avait un de ces tempéraments ! Comme c'est loin tout ça !

Slimane finissait de mettre la table. En entendant prononcer le nom de Farid, il tourna son visage vers nous, fit un profond signe de tête pour témoigner sa sympathie.

La nuit était couleur d'ambre. Les vitrines illuminées donnaient un aspect irréel au salon.

Odette murmura quelques confidences à propos de Mitry qui n'avait été qu'une pâle silhouette dans son existence jusqu'à cet été-là.

— C'est loin, perdu dans la nuit des temps !

# XXIV

*Juillet-août 1932*

Nouza sommeille sur le divan. Je la contemple, comme si c'était elle ma petite-fille.

Les peignes d'écaille ont glissé de ses cheveux à peine gris, leur désordre auréole son visage détendu. Ses rides se dissipent. Ses épaules arrondies, son cou de gazelle s'offrent à la nuit. Je voudrais la photographier, la garder, ainsi, pour toujours. Mes yeux n'y suffiront pas. Ni ma mémoire.

Plus tard, je m'achèterai un appareil pour capter tous les instants que j'aime et les garder en vie. Je pense, malgré mes douze ans, à la vieillesse, à cette décrépitude qui guette, à ces corps voûtés, affaiblis, qu'un jour la terre absorbera. Tandis que je la regarde, même elle, Nouza, passablement meurtrie par les ans, je ne peux l'imaginer vraiment ravagée ; ni même disparue, anéantie.

Je n'imagine pas, non plus, la retrouver dans un autre monde. Quelle forme prendrait cet autre monde ? Sous quel aspect m'apparaîtrait Nouza ? Serait-elle ma grand-mère, ou bien Nouza jeune fille, ou bien Nouza enfant ?

Il faudra faire vite pour l'appareil de photo, avant qu'elle prenne encore de l'âge, avant que j'aie moi-même les moyens de me le payer.

Dès que je l'aurai, je photographierai ma grand-mère sous tous les angles : le soir, dans sa robe en strass ; le matin, appuyée contre la balustrade du balcon. Je surprendrai ses sourires, ses clignements d'œil ; cette mèche rebelle qui lui donne un air espiègle. Ses bras qui s'ouvrent pour m'accueillir :

— Viens, petite Kalya, j'aime quand tu es là.

\* \*

\*

Les ombres de Mitry et d'Odette s'impriment sur le rideau de cretonne qui me sépare de la véranda. À l'intérieur, j'éteins pour laisser ma grand-mère dormir. J'avance sur la pointe des pieds, j'écarte un coin du rideau, je regarde à travers le voilage.

Dehors les becs de gaz du jardin papillotent. Une clarté diffuse se répand sur la boîte de tric-trac ouverte entre les deux joueurs. J'aperçois le cornet à dés gainé de rouge, les pions blancs et noirs.

Je reconnais la main gantée de Mitry, la main aux ongles cramoisis d'Odette qui repose sur le rebord de la boîte de jeu.

La voix de Mitry se détache, récite comme une mélodie les paroles d'un poème. Je ne distingue pas les mots, mais j'aime le bruit qu'ils font.

Le gant de fil bistre me fascine. Il ne jette plus les dés, il ne déplace plus les pions, il avance, lentement, vers la main nue d'Odette. Je ne devrais pas être là, mais je reste clouée sur place, hypnotisée, craignant le pire : le cri outragé d'Odette, le réveil en sursaut de Nouza.

C'est le contraire qui se produisit.

Lorsque les doigts gantés touchèrent enfin les doigts de la femme, celle-ci, d'un geste prompt, saisit la main hésitante et l'étreignit avec fougue.

J'avais honte d'être là et d'avoir tout vu. Je remis le rideau en place et reculai dans la pièce tandis que Nouza s'éveillait en m'appelant :

— Je retourne dans mon lit. Tu n'es pas encore couchée, Kalya ?

Avec ses index elle se frottait les yeux, tout en s'humectant les lèvres du bout de sa langue comme les chats.

— Grand-maman, tu sais ce que je voudrais pour mes treize ans ?

— Dis-le, tu l'auras.

— Un appareil de photo.

Elle n'attendit pas mon anniversaire. Quelques jours après, elle me glissa autour de l'épaule une housse en cuir rouge qui contenait un Kodak.

# XXV

*Juillet-août 1975*

Des explosions successives se déclenchèrent dans divers endroits de la capitale ; c'était, disait-on, le fait d'irresponsables qui échappaient à toute recherche. Suivirent quelques jours de calme, mais l'aérodrome ne s'était pas rouvert.

La cité paraissait au seuil d'un drame dont on ne mesurait pas les conséquences. Ses habitants se persuadaient que des accommodements tacites entre de mystérieux protagonistes devaient rétablir l'ordre et la concorde entre les communautés. Pour cette population optimiste, tournée vers le bonheur, chaque signe d'apaisement la poussait à tourner la page ; à revenir, avec confiance, à ses activités.

*   *
*

Dans le quartier d'Odette, le bazar à la devanture écarlate allait devenir la première boutique à voler en éclats.

Celle-ci se dressait à gauche de la Place. Sybil s'y rendait souvent. Elle avait l'habitude, dès son jeune âge, de faire les courses, et venait d'obtenir d'Odette et de Kalya la permission de s'occuper de quelques emplettes à la place de Slimane.

Le commerçant, Aziz, un homme aimé de tous, joufflu, les yeux en boule, s'interrompait, dès le chant du muezzin, pour prier plusieurs fois par jour. Il portait une calotte brune sur son crâne chauve et prenait soin de son épaisse moustache qui retombait des deux côtés de sa bouche.

Aziz mettait sa fierté à prouver à ses nouveaux clients – les anciens en étaient déjà persuadés – que dans son échoppe on trouvait de tout ! La fillette s'amusait, pour voir, à lui demander une marchandise insolite : un yo-yo, un scoubidou, un disque des Beatles, un masque de carnaval. En moins d'une minute, il extrayait l'objet de l'indescriptible fouillis et l'exposait triomphalement.

— Timbres, journaux, magazines en trois langues, dentifrice, chewing-gums, cirage, bière, kleenex, cigarettes, crèmes de beauté, whisky et tambourins, aiguilles, laines à tricoter, jouets, ballons, aspirine... Demande ce que tu veux puisque j'ai tout !

Sa nomenclature le comblait d'aise, il aurait pu la poursuivre longtemps, ponctuée du mot «puisque». «Puisque» resurgissait sans cesse parmi ses phrases, comme si une relation de cause à effet donnait cohérence à son existence, reliait entre eux ces objets multiples et disparates qui envahissaient ses quelques mètres carrés.

Le boutiquier tira sur le large tiroir d'un bahut vétuste qui résista. De ses deux bras tendus, il tira encore. Des gouttes de sueur perlaient sur son front, sur la toison bouclée et noire que découvrait une chemise multicolore, largement ouverte.

— Tiroir du démon, ouvre-toi puisque je te le commande !

Le casier céda si brusquement que le marchand tomba à la renverse, les quatre pattes en l'air. Sybil eut du mal à retenir son rire.

— Ris ! N'aie pas honte de rire puisque ça fait rire, et puisque je ne me suis rien cassé !

Il en riait lui aussi. Elle l'aida à se relever. Il finit par retirer du tiroir bourré d'objets de pacotille une petite boîte en marqueterie. Il en souleva le couvercle, un refrain aigrelet s'en échappa qu'Aziz accompagna en fredonnant rêveusement.

— C'est une chanson de Paris.

— Tu connais Paris ?

— Un jour, moi aussi, je voyagerai ! À la libération de Paris, sur cette Place la foule chantait, applaudissait. Tu n'étais pas encore née. Fais-moi plaisir, prends cette boîte, elle est pour toi. À ta grand-mère j'offre cette grappe de raisins. Elle se rappellera le goût sans pareil de nos fruits ! Elle t'en fera goûter. Elle est d'ici, ta grand-mère ?

— Pas tout à fait. Ses grands-parents sont partis pour l'Égypte, il y a plus de cent ans. Elle habite l'Europe.

— Et toi ? Tu as un autre accent.

— Moi, c'est l'Amérique mon pays.

— USA, OK, Pepsi-Coca-Cola ! Je connais ! Mais tu gardes dans le sang des traces du pays, même si tu ne le sais pas.

— Tu trouves ? Ah ! j'en serais contente.

Elle frappa des mains.

— *I am happy, happy !*

— *You like here ?*

— *I love it.*

Cet endroit était une vraie caverne aux trésors, et Aziz, un magicien si différent des commerçants pressés de là-bas. Malgré le va-et-vient de sa clientèle, il avait toujours une attention pour Sybil, l'aidait à remplir son sac, lui demandait des nouvelles d'Odette et de Kalya.

La fillette choisissait souvent le moment de la sieste pour pénétrer dans la boutique déserte. Elle y découvrait le marchand qui somnolait sur son comptoir ou bien, par terre, adossé à un sac de farine ou de riz. Elle s'asseyait à ses côtés. Ils baragouinaient durant plus d'une heure, sautillant d'une langue à l'autre, s'accompagnant de rires et de gesticulations.

\*   \*
\*

Ce fut quelques jours plus tard, à l'heure de la sieste, que l'explosion se produisit.

Avant qu'Odette ou Kalya aient pu la retenir, la fillette dévalait les marches et se précipitait vers la boutique fumante.

Les deux mains plaquées contre ce qui restait de la vitrine, écrasant son visage contre la glace poussiéreuse, elle eut du mal à apercevoir, puis à reconnaître dans cette masse sanglante, inerte, molle, le corps d'Aziz, affalé sur son comptoir.

Elle entra, le cœur brûlant.

Les étagères, saturées d'objets, s'étaient écroulées sur un monceau de gravats. Des fragments de poutres et de ferraille se mêlaient à toutes sortes de débris.

Sybil avançait dans un cauchemar, un film de terreur.

Des gens du quartier s'étaient rassemblés sur la Place. Quelques-uns, suivis par les parents d'Aziz qui poussaient des hurlements, pénétrèrent dans le magasin par les ouvertures béantes.

La fillette refusait de croire à ces images. Elle voulait toucher son ami, le réveiller. Comme dans ces feuilletons où le mort, jamais tout à fait mort, se redresse, le lendemain, pour enchaîner une nouvelle séquence, elle était certaine qu'Aziz se lèverait et reprendrait sa place dans sa boutique reconstruite. Elle l'entendait déjà :

— C'était pour rire ! Puisque je t'ai fait peur, tu as droit à un Coca-Cola, plus un chocolat Suchard gratis.

Sybil ignorait la mort, la vraie. Dans son pays, la mort avait lieu ailleurs ; loin des regards, dans des lits d'hôpitaux, au cours d'accidents d'avions ou de voitures. Les cadavres se volatilisaient, ou s'éclipsaient discrètement dans des cercueils en bois verni.

Au cours de cette même matinée, Sybil avait encore fait des achats chez Aziz. En quittant la boutique, elle s'était retournée sur le seuil pour un nouvel au revoir. Il tenait entre ses deux mains sa minuscule tasse rose et sirotait avec délice son épais café. Il lui avait lancé :

— À demain, si Dieu veut !

Dieu n'avait pas voulu. Elle tendit les doigts en avant pour lui toucher l'épaule. Était-ce vraiment le sien, ce visage ? Ce masque sanglant, saupoudré de sable. Son crâne s'était fendu, sa bouche grimaçait, ses yeux pleins de malice étaient glauques, immobiles.

Malgré sa répulsion, la fillette approcha encore plus. Elle posa la main sur la nuque de son ami qu'elle tapota doucement, comme pour le consoler d'être devenu cette chose repoussante et grotesque ; et pour lui promettre, dans leur charabia, de ne jamais l'oublier. Ni lui ni son pays. Ni la mort. Jamais.

Lorsque Kalya, peu après, la tira en arrière, cherchant à la soustraire de cette vision, elle résista.

— Pas encore.

Un lapin en peluche glissa d'un des rayonnages, atterrissant sur le comptoir. Le choc déclencha sa mécanique. L'animal se mit à battre allégrement du tambour en effleurant plusieurs fois la tête du boutiquier.

Foule, ambulanciers, policiers s'agitaient autour du bazar. Des commentaires se mêlaient aux cris. D'où venait le coup ? Aziz appartenait-il à un mouvement clandestin ? Rien n'était clair. Les soupçons s'entrecroisaient. Fièvres et méfiances se propageaient insidieusement.

# XXVI

*Juillet-août 1932*

La première mort à laquelle j'assistai fut celle de mon grand-père.

Le médecin de famille, un cousin éloigné, lui avait annoncé avec solennité et ménagement que ses jours étaient comptés. Nicolas lui en sut gré d'avoir tenu sa promesse de ne rien lui cacher. Puisque le sort avait été assez généreux pour lui permettre de mourir dans son lit, il tenait à regarder la mort en face, persuadé qu'il s'agissait là d'une affaire de la plus haute importance.

L'été tirait à sa fin. Voyageant de montagnes en villes d'eaux, la famille s'était éparpillée en France, en Italie. Par hasard je me trouvais là, mon grand-père en paraissait satisfait. Malgré mon jeune âge, il voulait me préparer à l'idée de la mort, de la disparition.

Quelque temps auparavant, j'en avais discuté avec lui, me rebellant à la pensée que l'existence puisse prendre fin ; refusant que la vie, si brève, nous soit arrachée sans que nous ayons demandé à venir au monde, ni à en sortir. Il n'avait oublié ni ma révolte ni ma véhémence.

Se disant que le problème continuait de me préoccuper, il cherchait le moyen de me présenter cette fin inéluctable comme un accomplissement, plutôt qu'une amputation. Il tentait de me persuader qu'accepter la mortalité donnait son véritable poids à chaque événement, le rendant tantôt plus dense, tantôt plus léger :

— Devant la mort, cela ne pèse pas grand-chose ! me disait-il quelquefois.

Et d'autres fois :

— Quel bonheur que chaque miette de bonheur, quand on sait que tout a une fin !

À son avis, ce regard-là sur la destinée m'aiderait à vivre. Il ne se trompait pas.

Je n'ai jamais su ce que mon grand-père pensait de l'après-vie. Il ne paraissait pas s'en inquiéter. On aurait dit qu'une telle situation, échappant au domaine de l'imaginable, n'était pas de son ressort. Il ne souhaitait pas se bercer d'illusions, mais laissait les portes ouvertes. Il envisageait, sans réticence, le bien-fondé de toutes les croyances, à condition que celles-ci ne se barricadent pas derrière des murs, ne s'entourent pas de barbelés hostiles aux autres.

Nicolas avait préparé sa mort. Il s'était arrangé pour éviter aux siens le spectacle de sa dégradation et de ses souffrances. Pour faire route et passer le cap de l'agonie, il demanda le seul soutien du cuisinier, Constantin, timonier à toute épreuve. Avec l'aide du marmiton, celui-ci devait tout remettre en ordre après le décès et avant l'entrée de Nouza et la mienne dans la petite chambre.

— Constantin, laisse entrer Kalya. Il est bon qu'elle sache ce qu'il est important de savoir, et que le départ est facile. Ces choses la soucient.


Je revois mon grand-père dans son lit de camp, étendu sur la couverture de coton dans son costume de tussor grège. Les volets entrouverts laissaient filtrer le soleil. Deux ventilateurs en marche gonflaient les rideaux comme des voiles.

Son visage lisse et calme nous souriait. Un sourire lointain ou proche selon les reflets du jour.

Nouza sanglotait, découvrait sur la table de nuit des lettres pour chacun de nous. Il écrivait qu'il s'estimait comblé d'avoir atteint le bel âge (à son époque, soixante ans était une performance); qu'il se jugeait privilégié d'avoir vécu, avec les siens, loin des horreurs de la guerre, des luttes civiles, des déportations. Il leur demandait de la gaieté plutôt que des pleurs.

Mitry se tenait prostré au pied du lit. Le soir, il déposa quelques feuillets de poèmes dédicacés à Nicolas – de ceux qu'il n'avait jamais osé lui lire – au coin de l'oreiller. On les plaça dans le cercueil.

J'y ajoutai un anneau surmonté d'un scarabée en turquoise auquel je tenais énormément.


Farid débarqua le lendemain, fulminant contre sa sœur qui ne l'avait pas prévenu à temps.

— Mon seul beau-frère! Le meilleur des hommes! Je l'aimais, je l'aimais. Je l'adorais!

Odette n'était pas encore apparue dans nos existences.

# XXVII

*Juillet-août 1975*

À l'explosion succédèrent des jours d'accalmie. Dans les journaux, sur les ondes, les déclarations rassurantes se multipliaient.

— Rien qu'un accident, soutenait Odette. Je te l'avais bien dit, Kalya. C'est une fuite dans une bonbonne de gaz qui a fait tous ces dégâts dans le bazar. D'accord, ici il arrive qu'on bâcle, qu'on soit négligent, imprudent, coléreux ; mais on n'est pas fou ! Personne ne veut la catastrophe. Nous sommes de bons vivants, tous de bons vivants ! Tu n'as rien à craindre. Tu peux rester avec l'enfant jusqu'au bout de vos vacances. Nous pourrons monter pour une semaine à la montagne avant votre départ. Cette fois, je vous accompagnerai.

* *
*

À l'aide d'échafaudages et de panneaux, les ouvriers avaient camouflé le trou béant du bazar. Des affiches vantant les produits d'Elizabeth Arden, des poudres à laver, le whisky Black and White, les lignes d'aviation TWA, Air France, Air India, MEA, ou des lieux archéologiques, en bariolaient les façades.

— L'aéroport va bientôt rouvrir.

Sybil supplia sa grand-mère de rester quelques jours de plus. Elle voulait revoir ses camarades du Grand Hôtel, nager avec Samyr, interroger Myriam.

— Peut-être que je ne reviendrai jamais plus. Laisse-moi encore un peu de temps.

La mort violente d'Aziz l'avait bouleversée. Chaque jour, elle longeait la nouvelle palissade, caressait les images publicitaires, le bois mal équarri ; regardait vers l'intérieur par les trous.

Le magasin avait été dégarni, nettoyé. Autour du grand vide, d'énormes poutres en fer soutenaient les plafonds et les murs. Du fin fond de cette cavité il semblait, par moments, à Sybil que son ami accourait vers elle en ballottant, les bras remplis d'un amoncellement de babioles.

— Il faut se dépêcher. Tout remettre en place, sinon je perds tous mes clients. Viens m'aider, petite.

Ce vide le désorientait, Aziz jetait autour de lui des regards éperdus.

— J'ai encore des centaines de choses dans mes réserves. Faisons vite avant l'arrivée des acheteurs.

Sybil se retint pour ne pas lui faire remarquer qu'il était mort. Il venait d'arrêter son balancement, souffla et, s'adressant de nouveau à elle :

— Approche.

Elle s'approcha, fit semblant de croire à son existence.

— Puisque tu ne m'as pas oublié, Sybil, prends la coiffe qui est posée sur ma tête. C'est mon cadeau de ce matin. Je te l'offre, en souvenir.


À travers les planches disjointes de la palissade, Sybil venait de récupérer, sous un tas de gravillons, la calotte brune du boutiquier. Elle glissa son bras dans la brèche, saisit entre le pouce et l'index un bout du tissu laineux. Le tirant à elle, elle déplaça des nuages de poussière.

La coiffe enfin entre ses mains, elle la tint serrée contre sa poitrine. Puis elle se mit à courir en direction de l'immeuble.

Elle grimpa l'escalier quatre à quatre, croisa Odette dans le living.

— Où étais-tu, Sybil ?

— Dehors.

— Tu es toujours dehors.

Elle ne répondit pas, la quitta brusquement pour s'enfermer dans sa chambre.

Sybil tira du bas de l'armoire son sac de marin. Tout au fond elle y plaça avec soin la calotte en partie carbonisée et disposa par-dessus quelques feuillets de kleenex.

Dorénavant elle l'emporterait avec elle. Partout.

\*  \*
\*


Mario évitait de parler des événements lorsqu'il rendait visite à ses voisines. Malgré les tracas que lui causaient ses enfants dont les désaccords ne faisaient que croître, il se persuadait que leurs conflits étaient puérils et se résorberaient du jour au lendemain.


Un matin, Georges sonna à la porte et prit Kalya à part. Quand ils furent seuls, il tira un revolver de sa poche pour le lui donner.

— C'est pour vous.

— Pour moi ?

— Odette est trop âgée. Slimane ne saura pas s'en servir. Dans ce pays, on ne doit plus rester sans une arme.

— Je ne comprends pas.

— N'importe quoi peut éclater.

— Votre père pense...

— Mon père, ça l'arrange de ne rien voir.

Son index passé dans l'anneau de la crosse Georges balançait le pistolet d'avant en arrière.

— Je vous expliquerai son maniement.

— Jamais je ne me servirai d'une arme.

— Vous vous laisseriez assassiner? Vous et les vôtres, sans bouger?

— Assassiner? Pour quoi? Par qui?

— Vous venez d'ailleurs, ça se voit! Vous ne pouvez rien comprendre à ce qui se prépare ici, votre vieil humanisme n'a plus sa place dans notre système. L'espoir de nous réunir tous n'est qu'une source de tensions. Regardez l'histoire! Des belles idées ne suffisent pas, rassembler des gens différents dans un même endroit crée la haine. Je vous choque? Vous êtes comme Myriam, comme Ammal. Pensez ce que vous voulez, moi je vous laisse cette arme.

Malgré le refus de Kalya, il détailla les pièces du revolver, lui indiqua la manœuvre :

— Ici, le poussoir; par-dessus, le cran de sûreté. Vous libérez le barillet en pressant sur cette détente.

— Je vous l'ai déjà dit, jamais je n'utiliserai une arme.

— Et si l'enfant était menacée? Cette fois, vous ne répondez plus.

Il raconta des combats de rue auxquels il venait de participer.

— J'ai un conseil à vous donner : partez avec Sybil dès que possible. En attendant, protégez-vous. Ça n'a rien d'extraordinaire d'avoir une arme chez soi. Chacun en possède une dans ce pays.

Georges ouvrit le tiroir de la commode, glissa le revolver entre les napperons.

## XXVIII

*Juillet-août 1932*

— Viens par ici, Nouza, j'ai un cadeau pour toi.

Le lendemain de l'arrivée de mon grand-oncle, nous nous trouvions dans le hall du Grand Hôtel, avant de passer dans la salle à manger. Depuis la scène de la veille, le directeur nous avait réservé la table la mieux placée, près des portes-fenêtres, avec vue sur le jardin. Gabriel avait lui-même veillé à la décoration florale.

Farid, l'air énigmatique, entraîna sa sœur vers l'endroit le plus retiré de la salle. Odette suivait ; mon grand-oncle la pria, d'un ton sans réplique, de le laisser seul avec sa sœur. Sans doute avait-il une affaire de famille à régler ; l'épouse se retira, à reculons.

J'étais là, moi aussi. Mon grand-oncle ne m'avait pas encore assigné mon rôle. Nouza prit les devants, déclara :

— Kalya, tu restes avec nous.

Cette mise en scène n'était qu'un autre de ses caprices ; et ma grand-mère savait le plaisir que j'aurais à défaire le paquet, à découvrir la surprise. Farid n'osa pas la contredire ; il me traitait, selon les circonstances et l'heure, en gamine insouciante ou en adolescente responsable avec qui l'on pouvait partager un secret.

Nous nous tenions dans le coin le plus tranquille du hall. Farid déposa le paquet sur le guéridon d'angle, recouvert d'un napperon en velours bleu nuit. Il prit un air grave.

— Nouza, ouvre ce paquet.

— Laissons Kalya l'ouvrir.

La lampe, affublée d'un abat-jour en taffetas bois de rose à plis, cerclé de glands de même couleur, diffusait une lumière irisée qui enveloppait le mystérieux objet.

Farid jeta un regard autour de lui pour s'assurer qu'il n'y avait personne dans les parages. Puis il ordonna :

— Allons-y, Kalya !

Je fis durer le plaisir, déballant à mon rythme. D'abord le ruban en soie écarlate : je l'enroulai autour de mon doigt, le nouai avant de le jeter au sol.

— Tu ne devineras jamais ce que c'est ! souffla mon grand-oncle dans l'oreille de sa sœur.

Je m'attaquai au papier glacé, imprimé d'étoiles d'or. Ensuite j'ôtai plusieurs feuillets de papier de soie ; leur crissement m'enchanta. Mon grand-oncle ne quittait pas sa sœur des yeux, attendant l'effet final.

Enfin, les joues enflammées, il ôta ses lunettes, en frotta les verres avec un mouchoir à ses initiales.

— Je suis sûr que c'est la première fois que tu verras un objet pareil.

Je parvins à la boîte en carton, gainée de cuir.

— Je pourrai garder cette boîte, grand-maman ?

— Mais oui, elle sera pour toi.

Des tas de papiers jonchaient la moquette. L'impatience nous gagnait, mais je prolongeais l'attente. La dernière feuille en papier végétal était d'un velouté subtil. Je la caressai de tous mes doigts. N'y tenant plus, mon grand-oncle m'arracha le présent des mains.

— Fermez les yeux, toutes les deux.

Il se débarrassa de l'ultime enveloppe ; plaça l'objet bien en vue sur le velours et sous le faisceau lumineux.

— Maintenant, toutes les deux, ouvrez les yeux. Regardez !


La surprise de ma grand-mère n'avait d'égale que la mine réjouie de Farid.

— C'est un bijou, un vrai bijou ! Il appartenait à une sultane.

Il souleva la chose, la lui tendit. Nouza eut un geste de recul, cacha ses mains derrière son dos.

— Jamais je n'y toucherai !

C'était un petit revolver qui ressemblait à un jouet, avec sa crosse en nacre, son canon, son barillet en argent.

— Pourquoi m'offres-tu ça, Fred ?

— Pour te protéger.

— Me protéger de quoi ?

— Tu oublies ce qui s'est passé chez tes voisins ; il y a six mois à peine.

Nouza frissonna. D'un coup d'œil, elle lui rappela ma présence.

— Ne me parle pas de ça.

Il continua :

— Ce pauvre Antoine se serait défendu si seulement il avait eu une arme. Il s'est livré comme un bœuf à ses assassins. Olga a été tirée du lit, bâillonnée, chloroformée, poussée sous le sommier. Ils ont achevé son époux à coups de couteau, juste au-dessus d'elle.

— Je t'en supplie, assez !

— On croit que ça n'arrive qu'aux autres ! Quand je suis loin, je pense à toi. Sans homme dans la maison depuis la mort de Nicolas !

— Mais Mitry...

Il haussa les épaules, se retint de tout commentaire. Dans la lignée des vrais hommes, Mitry n'avait pas sa place. Un scribouilleur qui portait des gants de fil!

Farid tira de sa poche de minuscules balles qu'il plaça dans le chargeur.

— Je t'apprendrai à t'en servir. C'est un pistolet de dame. Mais efficace.

— Je n'en veux pas.

Son frère rempocha le cadeau, l'air contrit. Cherchant à se donner une contenance, il ôta et remit plusieurs fois ses lunettes; sortit de sa poche son étui à cigarettes et, le trouvant vide, pesta contre la négligence d'Odette.

Enfin il s'empara de la main de sa sœur qu'il porta à ses lèvres.

— C'est comme tu veux, ma chérie. Une mesure de protection, c'est tout.

Avant de nous quitter, il me caressa les cheveux d'une main distraite.

— Ne t'en fais pas, Kalya, nous trouverons une autre façon de la protéger, ta grand-mère.

Il donna un coup de pied dans le tas de papiers accumulés au bas du guéridon.

— Quel désordre!

Et s'éloigna d'un pas nerveux en direction de sa femme.


À l'autre extrémité du hall, un châle de soie frileusement jeté autour de ses épaules, Odette tricotait une liseuse aux points lâches pour sa belle-sœur Nouza qui ne la porterait jamais.

*  *
*

J'appris, plus tard, que deux hommes avaient pénétré, la nuit, chez les voisins de Nouza pour les cambrioler. Le couple dormait, mais le bruit avait réveillé Antoine. Dans le noir, il avait cru reconnaître la voix du chauffeur.

— Vittorio, c'est toi? Vittorio!

L'un d'eux se jeta sur lui, le maîtrisa; tandis que l'autre chloroformait, empaquetait la femme, la poussait sous le lit.

La montre volée avait un rabattant incrusté de petits rubis et des initiales; les meurtriers furent rapidement découverts.

Au cours du procès, en longs voiles de veuve, la plantureuse et joviale Olga dut longuement se disculper d'une terrible accusation de complicité. Les journaux en avaient fait leur pâture, beaucoup d'amis s'étaient éloignés.

Reconnue innocente, Olga ne s'en remit jamais. Ses yeux se déplaçaient comme des oiseaux en cage, sa nuque s'était courbée. Son visage avait durci, blanchi comme du plâtre.

# XXIX

*Juillet-août 1975*

Un anneau maléfique encercla peu à peu la ville. Les murs se couvraient de graffitis. On parlait d'autres meurtres, d'autres enlèvements. Des armes de tous calibres firent leur apparition. Machines de guerre, chars d'assaut, jeeps porteuses de canons surgirent des boyaux de la terre. Quelques obus furent lâchés. Des enfants montaient dans les étages d'immeubles élevés pour suivre les balles traçantes, voir les éclairs d'artillerie. Ils avaient l'impression d'assister à un feu d'artifice, la peur n'était pas encore au rendez-vous.

Quelques jours plus tard, Georges avait été aperçu au volant de sa Fiat, près du cinéma Diana. Un groupe d'hommes lui barraient la route ; ils étaient montés avec lui dans le véhicule et, le poussant de côté avec un revolver braqué sur sa nuque, l'un d'eux avait pris sa place de conducteur.

La voiture démarra à toute vitesse. Quelques heures après, elle fut retrouvée, intacte, dans un fossé. Mais Georges avait disparu.

Mario téléphonait partout, courait d'un endroit à l'autre, cherchant à établir des contacts, à savoir par qui son fils avait été enlevé et de quelle manière négocier sa délivrance.

Malgré son calme apparent, ses mains tremblaient, il les cachait derrière son dos. Ses veines se gonflaient aux tempes et au cou.

\* \*
\*

Ammal et Myriam décidèrent de rapprocher la date de leur réunion ; un mouvement comme le leur, sans armes et sans politique, devait rapidement s'affirmer.

La disparition de Georges les avait bouleversées. Face au danger, aux violences aveugles, les oppositions devaient s'effacer. Il fallait retrouver Georges coûte que coûte, le convaincre que ni les doctrines ni la religion ne devaient déterminer les rapports ; que les luttes partisanes étaient fatales, qu'il n'en résulterait qu'un engrenage désastreux.

Elles pensaient pouvoir compter sur Kalya et lui expliqueraient le déroulement du plan. Dès qu'elles se seraient rejointes au centre du terre-plein, chacune agiterait son écharpe jaune, ce signal lumineux de paix, de ralliement. Des guetteurs stationnant autour répercuteraient la nouvelle. Celle-ci se transmettrait de bouche en bouche, des amis appelant des amis et ceux-ci d'autres amis.

Des foules dans l'attente se mettraient en route, quelques-unes secoueraient des écharpes ensoleillées au-dessus de la multitude. Ils envahiraient les cinq rues et les quelques tortueuses ruelles qui montent vers la Place. Ensuite tous redescendraient, massivement, vers la cité. Hors des appartenances, des clans, des catéchismes, des féodalités, des idéologies, leurs voix éveilleraient celles du silence, dissiperaient les peurs, changeraient ces paroles tues en une seule parole de concorde, de liberté. Une parole pour tous.

— Nous ne devons plus attendre, ce sera demain.

\* \*
\*

Ce sera demain. C'est déjà aujourd'hui.

D'une seconde à l'autre, l'aube va se répandre sur la Place. Cette certitude d'une journée de soleil, Kalya en a perdu la douce habitude.

Il fait sombre dans l'appartement d'Odette. Elle ouvre les volets de sa chambre. Elle viendra tout à l'heure s'accouder à cette fenêtre pour assister à la rencontre des deux jeunes femmes, puis à l'arrivée de la foule.

Kalya fouille dans sa valise pour y chercher une écharpe claire qui s'alliera aux leurs, mais elle ne trouve rien. Plus tard elle en demandera une à Odette. Elles les agiteront de la fenêtre avant de descendre se joindre à la foule.

De légers écartements dans le tissu de la nuit laissent filtrer des traits blanchâtres, fluorescents.

Kalya a bien dormi, malgré l'excitation de la veille.

— D'ici vous pourrez nous voir. Ammal arrivera par la ruelle en face. Moi, par celle qui longe notre immeuble. En vous penchant, vous m'apercevrez.

Myriam montrait de l'index les deux points opposés, dessinait d'un mouvement des mains tout le parcours ; ponctuait le rythme de la marche en battant du poignet : ce seront des pas lents, espacés, solennels. Puis ses mains se joignaient, ses doigts s'entrelaçaient pour signifier la réunion.

— Ne bougez pas avant que nous nous soyons rejointes, attendez le signal de l'écharpe. Alors seulement vous téléphonerez à ce numéro. Ceux qui habitent plus loin attendent votre appel.

Elle donna à Kalya un bout de papier en boule où elle avait inscrit les six chiffres.

— Au bout d'un quart d'heure vous pourrez descendre avec Sybil.

— Avec Sybil ?

— Vous n'aurez rien à craindre. Notre message aura atteint des centaines de personnes. Tout est au point. Il y aura un énorme rassemblement. Très vite la Place regorgera de gens. Ensuite, en foule, avant que des luttes fratricides ne commencent, nous inonderons la ville comme un torrent. J'aimerais que tu sois avec nous, Kalya.

Elle la tutoyait pour la première fois.

— Viens nous rejoindre avec l'enfant. Ce sera un grand jour pour Sybil. Un immense souvenir.

Kalya s'imagina mêlée aux vagues de la foule, tenant Sybil par la main. Un immense souvenir, en effet.

— Nous avons devancé la date, il fallait faire vite avant que…

— Avant que ?

Myriam n'avait pas achevé sa phrase.

Kalya insista :

— Avant quoi ?

Comme si elle craignait que le doute ne s'installât et n'amoindrît ses forces, la jeune femme coupa court :

— À demain, Kalya. C'est bon de savoir que tu es là, à ta fenêtre, à veiller sur nous.

*  *
*

Dans le living, face à la véranda qui a vue sur la mer, Odette, enfoncée dans sa bergère, attend, elle aussi, la montée du jour.

Dans la cuisine contiguë, Slimane lui prépare son petit déjeuner. Chaque matin, depuis quarante ans, il le fait avec une application qu'aucune habitude n'a altérée. Une odeur de café et de pain grillé s'infiltre dans la pièce.

Odette n'est pas au courant de la rencontre. Elle aurait refusé d'écouter des « rumeurs non fondées », de se laisser avoir par les « nouvelles mensongères des journaux ». Le projet des deux jeunes femmes lui aurait semblé provocant, inutile. Elle aurait tenté de les retenir.

À l'autre bout de l'appartement, Kalya s'accoude à la fenêtre qui donne sur la Place. Par moments, par-dessus l'espace découvert, elle sent peser une menace imprécise. Son cœur se grippe. Elle presse sa main contre sa poitrine, somme le petit métronome de poursuivre ses battements sans trop l'incommoder.

Sur le plateau d'argent du petit déjeuner, Slimane ajoute deux paquets de cartes à jouer. Odette raffole des jeux de patience. Souvent, au cours de la matinée, il se place derrière elle, lui conseille de retourner une carte plutôt qu'une autre, lui indique une série à laquelle elle n'avait pas prêté attention.

— Tu as raison, Slimane, je suis si distraite! Ici, qu'est-ce que tu en penses? Je joue le noir ou le rouge?

Le soleil va bientôt submerger toits et terrasses, ruisseler sur les murs, imbiber le sol. Le ciel virera d'abord au bleu liquide; puis, peu à peu chauffé à blanc, prendra une consistance de pierre.

La Place déserte ressemble à une arène, à une page blanche. Tout peut encore s'inscrire, avant que...

— Avant que. Avant que. Avant que.

Kalya se surprend à répéter les mots de Myriam. La jeune femme avait curieusement buté sur ces trois syllabes: «Avant que.»

\*     \*
\*

Ammal vient d'apparaître à l'autre extrémité du plateau. Une tache jaune, un tracé, une esquisse. Au fur et à mesure qu'elle avance, son foulard, sa robe, ses espadrilles prennent de la netteté.

— Nous arriverons de chaque côté de la Place, au même moment.

Kalya appuie son buste contre la traverse, se penche en avant. Au pied de l'immeuble, débouchant d'une proche ruelle, Myriam vient de faire son entrée.

— Faire vite, avant que...

*... avant que la ville se scinde avant que le dernier passage se bloque avant que les otages servent de monnaie d'échange avant meurtres et talion avant que les milices rivales essaiment et se combattent avant le premier le deuxième le troisième «round» avant les mutineries les factions les accrochages avant que les armées d'ici et d'ailleurs martèlent saccagent terrifient avant que les cessez-le-feu s'enchaînent sans effet que les réfugiés se jettent sur les routes à la recherche de leurs communautés d'origine avant que les villages soient livrés aux pillards avant que les francs-tireurs abattent leur gibier avant que les chefs s'allient s'attaquent se réconcilient pour se combattre encore avant que l'ennemi se découvre dans la maison voisine avant que l'ami de ce matin se transforme en bourreau du soir avant que les délateurs se multiplient avant les trêves dérisoires avant que routes chemins boulevards se hérissent de machines mugissantes funestes avant que bazookas mortiers lance-roquettes Katioucha 357 magnum canons de 106 Kalachnikov fusées missiles Sol-sol bazookas deviennent des mots de tous les jours avant l'assassinat des chefs et le massacre des innocents avant que les bâtisses s'effondrent que les corps brûlent et se rompent avant qu'herbes et poussières s'abreuvent de sang avant que les mères hurlent de douleur que les enfants soient marqués à jamais avant que par centaines les habitants fuient cette terre meurtrière et meurtrie avant que les équilibres se rompent que l'éternel montreur embrouille les ficelles s'écroule dans un enchevêtrement de poulies de toile de cordages parmi ses marionnettes démantibulées avant que l'acrobate-miracle symbole de cette cité vaincue par trop de machinations trop de tempêtes chancelle et tombe de son filin avant que le pire devienne le pain de chaque jour avant que le barrage de toutes les fraternités de tous les dialogues se brise que l'horreur dévaste submerge avant que avant que avant avant avant...*

\*   \*

\*

Avant n'est déjà plus. Tandis que Kalya se déplace d'un point à l'autre du terre-plein, il ne reste plus que l'après.

Devant elle, ce n'est plus le vide de la page blanche. La page est souillée, éclaboussée. La mare de sang s'élargit.


Chacun de ses pas continue de tracer une ligne précaire, fragile. Une ligne qui, partant du seuil où se tient Sybil, conduit au centre du terre-plein où gisent ces deux corps.

Le destin est en suspens. La mort ne sait encore sur qui se ruer…

## XXX

*Juillet-août 1975*

Sveltes, élancées, Ammal et Myriam avancent dans cette flambée d'étoffes jaunes. Pour ne pas se différencier, elles ont recouvert leurs cheveux d'un foulard de même couleur. Chacune tient à la main une longue écharpe soyeuse du même ton.

Kalya retient son souffle, elle ne les quittera pas des yeux.

Sans presser le pas, sans détourner la tête, les jeunes femmes progressent vers le centre de la Place. La fièvre s'élance dans leurs membres, fait trembler leur cœur.

*       *
*

Dans sa tunique en coton blanc ceinturée de rouge, Slimane entre dans la chambre et propose à Kalya de se joindre à Odette pour le petit déjeuner.

Celle-ci quitte alors la fenêtre et se dirige vers lui.

— Merci, Slimane. Je viendrai plus tard.

Le Soudanais porte en son cœur toute la clémence du monde. Ses cheveux grisonnants sous la calotte multicolore, sa prévenance, son regard voilé de douceur sont un spectacle apaisant.

Il indique la chambre de Sybil.

— Je l'entends remuer. Est-ce que je l'appelle ?

— Plus tard.

C'est Kalya qui l'appellera quand tout sera fini. Pourquoi a-t-elle pensé « fini » ? Elle se corrige : « Quand tout commencera. » Avec l'enfant, elles parcourront cette ville, déjà aimée, déjà gravée dans leur chair. Main dans la main, avant de se séparer, elles marcheront une dernière fois ensemble. Ensuite, chacune reprendra l'avion qui la ramènera dans son pays respectif, mais elles reviendront une autre année ; elles se le promettront avant d'embarquer.

Slimane est reparti. Kalya l'a regardé disparaître, fermer la porte derrière lui. À cause de rapiéçages maladroits qu'elle vient de remarquer au bas de la tunique impeccablement blanche, à cause d'un morceau de tissu différent et plus écarlate recousu au dos de la ceinture élimée, elle se souviendra très distinctement de cette sortie. Ce décorum, ces apparences maintenues par Odette malgré la modicité de ses moyens actuels, Slimane y contribue largement.

* *
*

Après le départ de Slimane, au moment où elle se dirigeait tranquillement vers la fenêtre, Kalya crut entendre un claquement sourd. Mais elle n'y prêta pas attention.

Sur la Place, pourtant, tout venait d'être joué.

Avançant le buste, Kalya se pencha le plus loin possible sur le rebord de la fenêtre.

Les deux jeunes femmes étaient au sol. L'une, immobile, sur le dos, perdant son sang. L'autre, à califourchon sur le corps de la victime, se courbait, se redressait, se baissait de nouveau.

Muette, pétrifiée, elle refusa d'y croire.

Quelques secondes après, elle traversait le living et se précipitait vers la sortie. Du fond de sa bergère, Odette la rappelait, se pressant de retirer ses boules Quiès :

— Qu'est-ce qui se passe ? Où vas-tu ?

Kalya lança quelques mots en continuant sa course. Stupéfait de ce changement, Slimane la suivit jusque dans l'entrée. Là, elle retira un objet caché dans un tiroir de la commode. Son geste fut tellement rapide qu'il n'eut pas le temps d'apercevoir le revolver.

Penché au-dessus de la cage d'escalier, le Soudanais la regardait descendre.

— Qu'est-ce qu'il y a ? Un accident ? Je viens.

Sans s'arrêter, elle cria :

— Non, non. Reste, Slimane. Ne quitte pas Odette, ni l'enfant !

Peu après, Sybil, pieds nus, vêtue de son pyjama, déboucha sur le palier.

Assourdie par ses propres pas sur les marches, par le battement de ses tempes, se reprochant d'avoir quitté la Place de vue même pour quelques secondes, Kalya n'avait pas entendu la fillette qui courait sur ses talons.

Odette s'extirpa de son fauteuil, chercha ses pantoufles, renonça à les trouver, puis se dirigea en tremblant vers la fenêtre.

Sur la Place, elle reconnut la robe jaune de Myriam, elle l'avait aidée à en compléter l'ourlet. Sans comprendre ce qui se passait, elle sentit s'abattre le poids du malheur et courut vers le téléphone pour prévenir la police, l'ambulance, les pompiers.

Jamais Odette ne s'était sentie aussi seule. Tellement seule. Où étaient les hommes de sa vie ? Farid, la force de Farid ? La tendresse de Mitry ? Au moins si Mario était là pour la soutenir ! Toujours à la recherche de son fils, celui-ci n'avait pas reparu depuis quarante-huit heures. Les proches voisins étaient encore en vacances ; loin, très loin, en Europe, en Amérique...

*  *
*

À présent que l'enfant avait quitté l'appartement, Slimane se demanda auprès de qui il devait rester. Sur laquelle devait-il veiller ? Sur la vieille femme ou sur l'enfant ?

Il jeta un regard vers Odette. Affolée comme un papillon de nuit qui se cogne aux lampes, elle courait dans tous les sens. Il contempla durant quelques secondes les vitrines, l'entassement des choses et des souvenirs et sourit avec indulgence à cet univers qui se défaisait.

Puis, imaginant la fillette venue de si loin et qui repartirait bientôt vers des mondes neufs, il eut soudain peur d'un risque, d'un danger qu'il pressentait sans le comprendre. Aussitôt il choisit de la rejoindre.

— L'enfant est dans la rue, je cours la ramener.

— Fais vite, Slimane, ne me laisse pas trop longtemps seule.

Un coup de feu avait rompu le silence. Un son amorti, recouvert d'une autre nappe de silence. Un seul coup de feu. Quelques secondes d'inattention, et tout avait basculé.

Kalya avance dans ce silence durci, dans ce vide. Murs, portes, volets restent clos. Elle avance dans ce lieu de nulle part, semblable à d'autres et d'autres lieux d'où s'élève et se répand le malheur.

Rien qu'un terre-plein. Rien qu'un tronçon d'asphalte. Rien qu'un tueur, peut-être encore à l'affût. Un tueur sans cause? Un zélateur interchangeable? Rien ne bouge. Sauf cette robe blanche de Kalya, idéale pour faire un carton.

Une ligne médiane va de l'immeuble jusqu'au centre de la Place, un sillon mène de Sybil jusqu'à Myriam et Ammal, un axe conduit la vie. Un intervalle qui dure et dure. Une trêve, assaillie de questions, alourdie de souvenirs.

L'étroite main du temps enserre les vies, puis les déverse dans la même poussière. Pourquoi abréger cette étincelle entre deux gouffres, pourquoi devancer l'œuvre de mort? Comment arracher ces racines qui séparent, divisent alors qu'elles devraient enrichir de leurs sèves le chant de tous? Qu'est-ce qui compose la chair de l'homme, la texture de son âme, la densité de son cœur? Sous tant de mots, d'actes, d'écailles, où respire la vie?

*     *
*

Kalya arrive. Kalya approche. Quelques secondes encore.

L'embusqué n'a plus tiré une seule balle. La jeune femme, au buste redressé, ne s'agite plus. Elle se calme, elle attend un secours proche. Peut-être que l'autre n'est que légèrement blessée?

Les fenêtres s'ouvriront, l'ambulance arrivera. Tout n'est pas encore dit...

# XXXI

*Juillet-août 1975*

Avant le coup de fil d'Odette, un des guetteurs avait déjà signalé l'accident. Une ambulance, en stationnement dans un quartier proche, s'était déjà mise en route. La sirène se fit entendre avant que le véhicule blanc débouchât sur la Place.

Des infirmiers mirent rapidement pied à terre, suivis de cinq hommes qui portaient une civière et des appareils de première urgence. Ils entourèrent les jeunes femmes, éloignèrent Kalya et le petit rassemblement qui venait de se former. Quelqu'un hurla :

— C'est grave ? Elle est morte ?

D'abord il n'y eut pas de réponse. Puis le responsable se dirigea vers l'attroupement.

— Ne vous inquiétez pas, elle va s'en sortir.

— Mais tout ce sang ?

— Elle n'est que blessée.

Kalya chercha à se rapprocher, à se faire reconnaître d'Ammal ou de Myriam, à leur dire quelques mots.

— Venez demain à l'hôpital. Elle a beaucoup saigné, mais ça s'arrangera.

Kalya ne savait toujours pas laquelle des deux avait été atteinte, mais cela importait peu. Touchées ensemble, elles guériraient ensemble, plus liées, plus décidées que jamais. Les nombreux infirmiers les encerclaient et les transportèrent dans l'ambulance. Avant que celle-ci ne démarrât, le jeune médecin lança à la foule :

— Rentrez chez vous. Tout ira bien.

Les plus inquiets continuaient de s'agglomérer autour de la tache de sang près de laquelle gisait une écharpe jaune.

*     *
*

Une brise se leva. L'écharpe oubliée ondoya sur place, flotta. Puis celle-ci se déplaça en un mouvement tantôt rapide, tantôt lent, déployant sa radieuse couleur.

Kalya chercha à se débarrasser de son arme, heureuse de ne s'en être pas servie. Un sentiment de paix, de confiance, d'indescriptible bonheur l'envahissait. Elle se dirigea vers le rebord du terre-plein, vida le barillet, fourra les balles dans sa poche, comptant s'en défaire plus tard, et jeta le revolver au fond du caniveau.

Se retournant vers la Place, elle reconnut l'écharpe. Celle-ci frémissait, se gonflait, remuée, poussée par la brise. Kalya songea à la récupérer pour la rendre à l'une des deux jeunes femmes. Elle servirait une prochaine fois. Rien n'était perdu.

Devant le porche, Sybil lui faisait de grands signes de bras. Slimane se tenait derrière elle, il avait emporté la tortue qui errait sur le palier.

Le regard de Kalya allait d'une image à l'autre : de l'écharpe diaphane à la blonde fillette puis au visage paisible du Soudanais. Elle cria :

— Tout va bien. Tout va bien !

Ensuite elle repartit en direction du caniveau, préférant se séparer au plus tôt de ces balles de plomb.

*Juillet-août 1932*

— Tu te rends compte, Kalya, de ce que Fred voulait m'offrir ? Une arme. À moi ! Tu imagines ta grand-mère une arme à la main ? Il est fou, ton oncle ! Parfois je crois qu'il est vraiment fou.

Nous arrivions devant la porte de sa chambre d'hôtel. Nouza l'ouvrit brusquement en riant toujours. Le spectacle qui l'attendait la laissa stupéfaite.

Devant le miroir à trois faces, Anaïs s'était glissée dans une des robes de ma grand-mère, qu'elle avait du mal à boutonner.

Elle perdit contenance. La houppette avec laquelle elle se poudrait lui tomba des mains. Elle éclata en sanglots, Nouza ne savait plus quoi dire.

Je lui pris la main.

— Ce rose lui va beaucoup mieux qu'à toi, grand-maman.

Elle ne s'en offusqua pas et profita de ma réplique pour retourner la situation.

— Tu vois, Anaïs, ma propre petite-fille trouve que cette robe est plus belle sur toi que sur moi. Elle a sûrement raison.

Suffoquant à travers ses larmes, Anaïs protesta par des hochements de tête répétés.

— J'en fais souvent trop, ne dis pas le contraire. Je me frise, je me parfume, je me farde, je choisis des toilettes à la mode. Tout ça pour tromper le temps. Mais l'âge est venu. Il est là, bien là. Garde donc cette robe.

Depuis quelque temps, Anaïs négligeait son service, se troublait au moindre propos.

Soupçonnant qu'une rencontre avait bouleversé cette existence trop terne, Nouza s'en était émue. Cherchant à lui faciliter sa conduite, elle éprouvait en même temps une profonde tristesse, comme si elle prévoyait qu'il était trop tard pour Anaïs et que son innocence même la condamnait. Elle n'osa pas lui en parler.

Anaïs ramassa la houppette, s'enveloppa de sa blouse de travail et, se tournant vers ma grand-mère :

— Je vous fais un café ?

— Pas de café.

Puis, me prenant à témoin :

— Sais-tu, Anaïs, ce que mon frère Farid a voulu m'offrir? Devine! Kalya était présente.

— Je ne sais pas.

— Un revolver!

— Un revolver?

— À cause de ce qui s'est passé l'an dernier, chez les voisins. Tu te souviens de ce meurtre?

Anaïs frissonna, pâlit.

— Jamais je ne pourrai l'oublier.

— Si des voleurs débarquaient chez moi, je ne crierais pas. Je ferais semblant de dormir, de ronfler. Ou bien je leur dirais: «Je vous donne tout! Prenez tout, je ne vous ai pas vus. Mais laissez-moi vivre.»

Anaïs opina de la tête:

— La vie, c'est ça qui compte. La vie…


Elle se rappelait l'assassinat. Tout le quartier, toute la ville en avaient été ébranlés.

Anaïs en tremblait encore. Elle connaissait le beau Vittorio, si élégant dans sa tenue bleu marine, coiffé de sa casquette rigide. Il venait quelquefois lui demander service et lui plaisait beaucoup. Mais Anaïs, elle, ne plaisait à personne. Surtout pas à Vittorio. Il n'avait d'yeux que pour les demi-mondaines, des femmes à fourrures, à bijoux, exagérément fardées. Elle l'avait aperçu en leur compagnie. À se demander s'il n'avait pas été leur souteneur.


Le même soir, Anaïs dépiqua les pinces de la robe rose et la mit pour rejoindre Henri. Depuis une semaine, le jeune homme était devenu son amant.

# XXXIII

*Juillet-août 1975*

Au moment précis où Kalya, penchée au-dessus du caniveau, jetait les balles au fond de la rigole, elle entendit :

— Kalya ! Kalya ! Maintenant je peux venir ? Je viens !

L'enfant ne lui laissa pas le temps de répondre. Échappant à la surveillance de Slimane, elle s'élança sur le terre-plein.

Clouée sur place, Kalya ne pouvait que la regarder accourir.

L'enfant fendait l'air, couronnée par la gerbe étincelante de ses cheveux.

Elle courait pieds nus, l'écharpe faillit la faire trébucher. Elle s'en dégagea d'un bond et redoubla de vitesse.

La longue chevelure, déployant autour d'elle sa masse flexible et claire, évoquait le chaume, les épis, le printemps.

Sybil filait à toute allure. Filait plus vite encore.

Par instants, on aurait dit qu'elle planait ; que ses pieds ne toucheraient plus jamais le sol.

Derrière elle, Slimane s'était mis en mouvement.

Il était trop tard pour rappeler la fillette, la ramener dans l'immeuble. Le danger avait disparu, l'aube balayait tous les recoins de la Place.

L'enfant cria encore :

— Je viens ! J'arrive !

Kalya avait mis un genou à terre et se tenait immobile pour la recevoir dans ses bras écartés.

*Juillet-août 1932*

De tous les recoins de l'ombre, de tous les rivages de l'été, du fond de toutes les tristesses, des bords de tous les sourires, des angles de l'absence, de tous les déserts, de tous les ciels, Nouza ne cesse de surgir aux carrefours de ma vie, les bras ouverts, pour me recevoir.

Lorsque je pénètre dans la salle de jeux, ma grand-mère se redresse, laisse tomber ses cartes, au risque de perdre la partie, m'embrasse :

— Tu me manquais, Kalya. Comme tu as bien fait de venir !

Certains dimanches, quand je quitte le pensionnat et que sa voiture, conduite par Omar, vient me chercher, je fais glisser le toit ouvrant et regarde la ville du Caire debout sur la banquette, malgré les protestations d'Anaïs :

— Tu avales toute la poussière. Tu vas te rendre malade !

L'avenue défile loin de mystérieuses ruelles, que je devine à l'arrière mais qu'Omar n'empruntera jamais. Nous côtoyons le tramway qui remonte d'Héliopolis avec son amoncellement de passagers ; leurs corps enchevêtrés débordent des portes et des fenêtres, s'agglutinent sur les toits.

Plus loin, nous abordons la Place de la Gare bourrée d'automobiles, de carrioles tirées par des ânes, d'autres poussées à main d'homme. Un cortège de chameaux se faufile entre la masse des piétons. Les gestes saccadés du policier, vêtu de blanc, s'interrompent d'un coup ; baissant les bras, celui-ci renonce à régler le trafic, ôte son fez rouge et se tamponne abondamment le front et le cou en maugréant.

Je lis le temps sur la Grande Horloge, nous sommes encore loin de l'heure du déjeuner chez ma grand-mère, dont je suis l'hôte une fois par mois. Je reconnais le «passage des départs», son va-et-vient perpétuel. Nous l'avons traversé cinq fois ensemble, Nouza et moi, pour nous rendre en villégiature à Alexandrie, au Liban, ou vers des pays lointains.

En voiture, nous longeons le Nil. Le buste penché au-dehors, je le contemple avec ses felouques éternelles. Je m'en repais les yeux, me répète que c'est le «fleuve des fleuves», me promets d'en garder mémoire à travers tous les paysages de ma vie.

Anaïs et Omar me promènent ensuite dans le jardin des Grottes avec ses aquariums et ses rocailles; ou bien dans le parc d'Acclimatation.

Après la visite à l'hippopotame surnommé Sayeda Eschta, la Dame Crème, dont les chairs bulbeuses, contrastant avec l'œil minuscule, et les fines oreilles m'emplissent de gaieté, je me dirige vers la cage de l'orang-outang.

Je pourrais contempler celui-ci durant des heures. Ses yeux me fixent avec une mélancolie extrême, je ne sors jamais indemne de ce face-à-face. J'ai l'impression que la bête cherche à me communiquer sa parole cruellement emprisonnée dans une chair opaque, et que, si j'étais vraiment à l'écoute, cette parole me parviendrait.


Une bande d'enfants joyeux et moqueurs se pressent autour de l'automobile, caressent de leurs mains poisseuses les ailes étincelantes qu'Omar frotte et fait briller chaque matin avec sa peau de chamois.

Ils nous accueillent avec des ovations et réclament l'aumône. L'un d'eux me salue à travers le pare-brise, l'autre joue avec l'essuie-glace, le troisième se tire la langue dans le rétroviseur. Des fillettes s'amusent à parader, à rire de leurs reflets dans les enjoliveurs.

À coups de chasse-mouches, Omar les éparpille. J'essaie en vain de retenir son bras. Anaïs me pousse à l'intérieur de la voiture.

Embarrassée de ma personne, je m'assois avec gaucherie au bord de la banquette. Un garçon éclopé, à l'œil borgne, tape contre la vitre, m'offre d'une main un dahlia, et me tend l'autre :

— Bakchich!

Je n'ai pas de sac, mes poches sont vides. Pas même un bonbon.

— Donne. Donne-lui, Anaïs.

— Pourquoi à celui-ci et pas aux autres? Tu vas déclencher des bagarres dès que nous serons partis.

La voiture démarre.

Nous pénétrons peu après dans le quartier résidentiel, loin des pulsations et des misères de l'énorme cité qui frémit, qui grouille et se débat au loin.


Chargée d'images trop lourdes, je cours vers Nouza et me blottis dans ses vêtements soyeux.

— Si tu savais, grand-maman.

— Je sais, je sais. Mais qu'y pouvons-nous?

— Si tu avais vu...

— Il faudrait leur consacrer toute sa vie, tu entends, toute sa vie. Sinon, à quoi ça sert? Une goutte d'eau dans la mer! Tu en parleras à ton grand-père Nicolas.

\*    \*
\*

De tous mes six ans, de tous mes sept ans, de mes neuf ans, dix, douze ans, j'ai couru vers Nouza qui m'accueillait toujours, et me fêtait à chaque fête.

Tendre, rétive Nouza, si légère et si forte. Ma capricieuse et frivole grand-mère, fougueuse et indomptable. Ma fraîche, ma libre Nouza. Ma rivière, mon rocher.

# XXXV

*Juillet-août 1975*

Mario venait de garer sa voiture dans un sous-sol proche et s'apprêtait à rentrer chez lui. Après une folle équipée de trois jours, il avait enfin obtenu la libération de Georges. Celui-ci le rejoindrait plus tard, dans la matinée.

À la sortie du garage, voyant passer l'ambulance, il ne s'était pas douté que Myriam, sa propre fille, était à l'intérieur.

Débouchant sur la Place, il aperçut, avec étonnement, Kalya au bord du caniveau, penchée en avant, les bras ouverts. Au même instant, il reconnut Sybil courant vers elle à fond de train. Que faisaient-elles dehors à cette heure ? De quel jeu s'agissait-il ?

Et Slimane ? Pourquoi avançait-il lentement, dressé de sa haute taille ?

— J'ai retrouvé Georges !

Mario crie vers l'un, vers l'autre. L'ont-ils entendu ? Ils n'ont d'yeux que pour la fillette qui s'élance à toutes jambes.

L'image le captive à son tour. Mario prend un tel plaisir à regarder cette belle enfant, à admirer ses grandes enjambées, la légèreté de ses bras, l'élan de tout son corps, le flux de sa chevelure qu'il n'entend pas le sifflement assourdi de la balle. Celle-ci, en pleine course, vient de la frapper entre les omoplates.

Sybil fonce toujours comme si elle non plus ne s'en était pas aperçue.

Elle court. Elle continue d'avancer durant quelques secondes. Puis elle s'abat. D'un seul coup.


Le Soudanais se précipite. Dans sa hâte, la tortue lui échappe des mains, tombe sur le dos et rebondit plusieurs fois sur le sol.

Slimane vient d'atteindre l'enfant. Il s'agenouille, il la soulève et, retrouvant toutes ses forces, se redresse la portant dans ses bras. Debout, aveugle à ce qui l'entoure, il lève vers le ciel un regard interrogateur.

Soudain, n'y tenant plus, le Soudanais se met à pivoter, à tourbillonner sur place. De plus en plus vite comme un derviche tourneur. Enfermé dans son vertige, il tournoie, tournoie, sans pouvoir s'arrêter.

Une berceuse, venue du fond de son enfance et des terres du Nil, transperce chagrin et brumes, remonte jusqu'à ses lèvres.

Alors seulement, il ralentit. Un tour après l'autre, de plus en plus doucement.

Les mots de Slimane se mêlent à ceux de la vieille chanson. Ses paroles relient l'histoire du fleuve – avec ses fosses, ses cataractes, son delta – à celle de la mystérieuse vie. La voix du Soudanais s'étrangle, se démonte ; puis, peu à peu, s'élargit :

> *L'eau s'en va l'eau s'en vient*
> *De l'amont à l'aval*
>
> *Elle emporte les sources*
> *Et les bouches de la nuit*
> *Elle parle marécages*
> *Remue soleils et boue*
> *Elle déborde de crues nouvelles*
> *Dévore le souffle des mers*
>
> *De l'amont à l'aval*
> *L'eau s'en vient l'eau s'en va*
> *Elle est sèche comme la famine*
> *Et plus tendre que le cœur.*

Slimane ne bouge plus. Il est très calme, tout à sa mélodie.

Slimane chante pour l'enfant tranquille qui semble dormir. Cette enfant venue de loin. De loin, de si loin. Tout comme lui...

Une décharge de chevrotines le cribla à son tour, interrompant le chant.

*Une fois de plus, le silence.*

*Kalya a achevé son parcours. Le cœur ne sait plus à quoi se retenir, l'un après l'autre les muscles lâchent. La femme s'effondre lentement. Sur le sol, elle n'est plus qu'une masse inerte.*

*Il y a quelques secondes, les bras ouverts pour recevoir Sybil, elle a vu l'enfant, frappée, arrêtée en pleine course. L'image fatale, irréversible, a gommé d'un coup sa propre vie. Élan et forces l'abandonnent. Elle ne lutte pas et ne veut plus de ce souffle qui s'attarde au bord des lèvres.*

*Tout se passe très vite. Mario, il ne sait comment, se trouve soudain là, agenouillé auprès de Kalya, cherchant à se faire entendre :*

*— J'ai retrouvé Georges. Tout s'arrange.*

*Il insiste, il ment. Il espère que ses mots l'atteindront :*

*— Sybil prendra l'avion demain. Tout s'arrange. Tout s'arrange.*

*«Tout s'arrange» se ramifie, multiplie ses échos. Kalya voudrait hocher la tête, mais la phrase s'obstine. Elle se mélange à «je te retrouverai un jour», à d'autres et d'autres paroles entendues, à celles de Slimane et de Sybil qui chantaient ensemble : «L'eau s'en va, l'eau s'en vient.»*

*Le sourire de Nouza cherche à transpercer les brumes.*

*Des hommes, des femmes envahissent le terre-plein. Des volets s'écartent. Des portes s'ouvrent. Des cris, des hurlements montent de partout ; cette violence aveugle ne peut pas, ne doit pas durer.*

*Demain, l'apocalypse, l'océan des démences ? Demain, la paix ?*

*Un garçonnet, qui a tout vu, contemple la Place et les gens. Dans sa tête, les choses se sont mises à remuer.*


*Harcelée par la brise, l'écharpe jaune, maculée de sang, garde dans ses plis la clarté tenace du matin.*

*Le morceau d'étoffe s'élève, s'enfle, se rabat, rejaillit, s'élance, flotte ; retombe à nouveau et s'envole de plus belle...*

Composition Interligne B-Liège
Achevé d'imprimer en Europe
à Pössneck (Thuringe, Allemagne)
en février 2000 pour le compte de E.J.L.
84, rue de Grenelle 75007 Paris
Dépôt légal février 2000

350

*Diffusion France et étranger : Flammarion*